夜の飼育

越 後 屋

幻冬舎アウトロー文庫

夜の飼育

一

「は、離せ！」

両手を高手小手《たかてこて》に縛られ、胸縄を打たれた愛理紗は、なんとか逃れようと身悶《みもだ》えた。だが、屈強なヤクザ者の太い腕に両側から押さえ付けられ、身動きもままならない。引き摺《ず》られるようにして、愛理紗は通路の奥へと連れて行かれるのだった。

捕まえられた時にこすれたのだろう。口紅やアイシャドウが横に流れて無惨である。愛理紗自慢のロング・ヘアーも乱れて、あちらこちらで解《ほつ》れてしまっている。

だが、均整の取れた二十五歳の体は、その美しさを失っていない。タンクトップから食《は》み出しそうな乳房は胸縄に挟まれて迫《せ》り出し、胸の谷間を一層強調している。派手な色のホットパンツの下から張り出してきているお尻は艶《なま》めかしく揺れているし、そこから伸びてきている両脚はカモシカのように長い。

たまらなくなってきたのだろう。左側から愛理紗を押さえていた男が手を伸ばしてきて、愛理紗の乳房をわさわさと揉《も》んだ。うっと喉の奥でくぐもった声を上げると、愛理紗は気丈に顔を上げ、左側の男の顔をきっと睨《にら》んだ。

「調子に乗るんじゃないよ、政男。こんなことをして、ただじゃ済まさないからね」

男はふふんと、鼻で笑ってみせた。

「ただじゃ済まさないって、どうするつもりなんだよ」

「ううっ」

「島村組はもう解散だ。あねさん、あんたももう組長夫人じゃない、ただのスケだよ」

「俺たちのことより、自分の心配をするんだな。ただで済まないのは、あんたの方なんだ」

そう言いながら、もう一人の男が愛理紗の股間を指でなぞり上げる。愛理紗の腰が、びくっと後ろに引ける。

「ち、畜生、なんでこんなことに」

つい最近まで顎《あご》でこき使っていた小者《こもの》二人にからかわれても言い返すこともできず、愛理紗は唇を噛《か》んだ。そんな愛理紗の乳房を、二人の男が両側から揉みしだく。勝手にしやがれとばかりに、愛理紗はされるがままになっている。時々眉間に縦皺《たてじわ》が寄って歩みが止まるのは、心に反して体が反応してしまっているせいだ。

愛理紗が島村佑介と知り合ったのは、まだ高校生の頃だった。愛理紗も佑介も食み出し者で、学校からも家からも煙たがられていた。佑介は悪仲間を引き連れては夜の街を暴走し、愛理紗は佑介のバイクの後ろに乗っては、佑介の逞《たくま》しい背中に縋《すが》り付いていた。

結局学校を退学させられ、家からも飛び出した二人は、安アパートで同棲生活を始めた。佑介は組のひも付きで風俗店の店長に収まり、いつの間にか、舎弟を抱えて自分の一家を構えるようになっていた。愛理紗は二十歳そこそこで、組長夫人と呼ばれる身になった。

佑介は相当のやり手だった。ホストクラブ、闇金融、会員制秘密クラブと、商売の間口を広げていく。

三つの仕事は、それぞれ密接に繋《つな》がり合っていた。

ホストクラブに一流のホストを集め、女に貢《みつ》がせる。客の中からめぼしい相手を見つけると、集中的にその女にサービスさせる。女は簡単に誘いに乗り、有《あ》り金ごっそり、ホストと店に貢いでしまうことになる。

次に、ホストが聞き出した女の連絡先に、自分の闇金融から電話を入れさせる。それも、店での女の様子をうかがい、そろそろ金が底を尽きかけているはずだという絶妙のタイミングで連絡を入れる。同じ経営者の店とも知らず、女はその闇金融から融資を受けることになる。

後は、転落の一途である。ホストに当て馬をあてがって女に嫉妬《しっと》させれば、女はホストの心を繋ぐためにどんどん金を貢いでくれる。借金はあっという間に膨らんでいき、しかもその借金の大部分は、ホストを通じて佑介の所に戻ってくる。

返済が滞りがちになった頃に、佑介は別の名前の闇金融から電話を入れさせる。借金の返済に必要な金額を融資しましょうともちかけさせるのだが、それがまた、借金を雪だるま式に増やさせるための罠なのだった。

女は結局、どうにもならなくなった借金の返済のために、佑介の店で体を売ることになる。そうやって佑介は、若くて美しい女たちを、次々と自分の店に囲い込んでいった。美人揃いの佑介の店は、当然のことながらスケベ男たちの評判になり、常連客をどんどん増やしていった。

佑介の島村組も、次第に舎弟が増えてくる。新築した屋敷には常時数人の舎弟が寝起きしており、その男たちの食事や洗濯などの世話を焼いてやるのが愛理紗の日課になった。愛理紗は組長夫人として、組員たちからあねさん、あねさんと慕われるようになっていた。

そんな暮らしがこの先ずっと続くと、愛理紗は信じていた。

その日愛理紗は、入ったばかりの若い舎弟を一人連れて買い物に出ていた。大きな袋を二つ若い者に持たせ、自分も買い物袋を抱えて屋敷に戻ってくると、居候《いそうろう》の舎弟たちがぞろぞろと玄関に出てくる。てっきり出迎えだろうと、愛理紗は思っていた。

「ただいま、今帰ったよ。達也、これ、中に運んどいておくれ」

差し出した買い物袋を、達也と呼ばれる若い衆は弾《はじ》き落とした。思いもよらぬ反応に、愛理紗は度肝を抜かれた。

「な、何するんだい！　あ、よ、よしな！」

舎弟たちが、一斉に愛理紗に飛びかかってきた。

愛理紗は、強姦されると思った。舎弟たちの目付きには、そういう危険な光が宿っている。男たちの腕が、寄ってたかって愛理紗を押さえ付けようと伸びてくる。わざとなのか故意なのか、時々誰かの手が、乳房を摑《つか》んだり、お尻を撫でたり、股間を揉んだりしている。

「やめろ、離せ！　何するんだ！」

愛理紗も必死で抵抗した。誰かの腕に嚙み付いた。誰かのお腹《なか》を蹴り上げた。のし掛かってきた誰かの顔に頭突きを食らわし、手当たり次第に唾を吐きかけた。

ふいに愛理紗は、思い切り頰を打たれた。平手打ちというより、どちらかと言えば掌底打ちに近い。頭の奥でゴンッと鈍い音がして、愛理紗の腕から力が抜けた。

「あんた！　あんたぁ！」

舎弟たちに後ろ手に縛り上げられながら、愛理紗は佑介を呼び続けた。だが、佑介が助けに出てくる気配はいっこうに感じられない。

「親分は逃げたぜ」

舎弟の一人が、愛理紗の耳元でそう告げる。愛理紗の全身からさあっと、血の気が引いた。

舎弟の言葉を、愛理紗はすぐに信じた。そうでなければ、組長夫人である自分をこんな目に遭わせられるはずがない。そんなことをすれば、佑介からどんな報復をされるか、知れたものではないのだから。

(あの人の身に、何か起きたんだ)

そしてそれは、何か不名誉なことなのだ。そうでなければ、自分にこんな酷《ひど》い扱いをするはずがない。

「あの人は、親分は一体何をしたんだい」

「それは事務所で訊《き》くことだな」

どうやら、この男たちも、詳しい事情は知らされていないらしい。ただ、こういう乱暴な形で、自分を連れて来いと命令されただけなのだ。

勢力を伸ばしてきているとはいえ、所詮《しょせん》、島村組は弱小勢力に過ぎない。組とは言っても、駆け出しの頃の佑介が世話になっていた銀星会に所属している、出城のようなものなのだ。

そしてその銀星会は、広域暴力団、山中組の傘下にあった。

自分を縛り上げて連れて来いと命じたのは、銀星会だ。佑介が何をしたかはしれないが、自分はその落とし前を付けさせられるらしい。そこまでのことは、愛理紗にも分かった。

「うっ」

乱暴に突き飛ばされて、床に放り出された。両手で身を庇《かば》うこともできず、愛理紗は頭から倒れ込む。頬骨の辺りを強く打って、目から火が出た。

二十歳代の青年らしい若さの感じられた佑介の家と違って、この部屋の中はいかにもやくざの事務所という雰囲気だった。額に収まった日本刀だの、鹿の頭の飾り物だのが壁に飾ってある。空《あ》いている場所に端から詰め込んでいった感じの配置の仕方で、およそセンスのかけらもなかった。

飾り物の一部のように、何人かの若い衆が壁際に並んでいる。一番上座に当たる位置に据えられている重役用のデスクに三十代半ばと思える黒ずくめの男が座っていた。

「わ、若頭」

愛理紗は、デスクの上に両足を投げ出したままのサングラスの男を見上げて、そう叫んだ。サングラスの男は愛理紗たちの組がその傘下にある銀星会の若頭、鮫島だった。鮫島はこれまで、愛理紗たちと銀星会をつなぐパイプ役を務めていた。

鮫島は唇の片端だけを引きつらせてフフンと鼻で笑ってみせる。

「いい眺めだな、愛理紗。お前はなかなか、いい体をしている」

どうやら鮫島の目の位置からは、胸縄で強調された愛理紗の胸の谷間や、もう少し奥の方までが見渡せるらしかった。愛理紗は体をよじって男の視線から逃れようとしたが、それはほとんど功を奏さなかった。

「わ、若頭。一体あたしは、なんでこんな目に」

「亭主から何も聞いていないのか」

愛理紗がこくんと首を縦に振る。さっきまで相手にしていた小者と違って、もともと自分よりも格上の人物である。ツッパリ時代から何かと目を掛けてもらっていたという負い目もある。自然と、愛理紗の態度にも気弱さが滲《にじ》んでくる。

「何も聞かされずに置き去りにされたというわけだ。気の毒にな、愛理紗。お前は、捨てられたんだ」

愛理紗がぐっと押し黙る。認めたくはないが、おそらくはそういうことなのだろうと、愛理紗自身も思う。

「教えてください。うちの人は、一体何をしたんです」

「女と逃げたんだよ。それも、とんでもない女とな。お前らが育てていた、うちの会長に献上する予定だった、あの女とだ」

愛理紗が息を呑む。愛理紗は、その女を知っていた。

美人揃いの佑介の獲物の中でも、その女は一際《ひときわ》美しかった。少し胸が小さいことを除けば、スタイルも申し分ない。たまたま訪れていた若頭の鮫島は、その女を会長への献上物にすることを佑介に告げた。

それから、その娘に対して、特別の調教が始まった。会長を満足させるための特訓が、連日行われたのだ。島村組の将来のためにも、是非《ぜひ》とも会長を満足させなければならないとあって、佑介の力の入れようも相当なものだった。

「あ、ううん！」

その日も、女は生まれたままの姿で源次の愛撫を受けていた。部屋の隅に据えた小振りの応接セットに座って、佑介と愛理紗は源次の仕込みを見ていた。

源次というのは、女の歓《よろこ》ばせ方に長《た》けているところを見込んで佑介がよそからスカウトしてきた男だった。なんでも、商売敵《がたき》の店で働いていたのを引き抜こうとしたのだが、律義に雇い主に操《みさお》を立てて話に応じないので、あの手この手でその店を閉鎖に追い込み、やっと連れて来たということだった。

源次が初めてやってきた時、組の若い者たちはわざわざ台所にいた愛理紗を呼びにきた。

「あねさん、変な奴がやってきやしたぜ」

言われて、愛理紗も、部屋の中を覗《のぞ》いてみる。そこには、首にマフラーを巻き、上から革ジャンを着込んだ中年男が立っていた。年はおそらく、四十の半ばを越えているだろう。確かに、十代二十代の若者ばかりの島村組の中で、その中年男は明らかに浮いて見えた。

着ている服もみすぼらしい。革ジャンはあちこち擦り切れているし、マフラーも薄汚れていて汚らしい。女にもてることに命を懸けているような若い組員たちが、この中年男を小馬鹿にするのも無理はなかった。

顔も、お世辞にも美男子とは呼べない。腕も顔も黒々と日焼けしているが、日焼けサロンでこんがり焼き上げた他の組員たちの焼き方と比べて、なんだか色がくすんで見えた。総じて源次は、垢抜けない、若者に一番もてないタイプの中年男だった。

「馬鹿。親分が連れて来た人なら、私らにとっても客人だろ。失礼なこと、言うんじゃないよ」

愛理紗は報《しら》せに来た組員をそう叱った。

だが、愛理紗もすぐに、源次を嫌うようになった。佑介の舎弟はみな可愛がっていた愛理紗だったが、源次だけは避けるようになった。

若い組員や愛理紗の意向を気にすることもなく、佑介は、源次を優遇した。佑介の店の女の子の仕込みは全部、源次が引き受けることになった。

そして今、源次は裸で女の上にのし掛かっている。身に着けているものは、腰の六尺褌《ふんどし》一丁だけである。この褌姿は、源次が仕込みをする際の決まりの格好だったが、その褌姿が、愛理紗が源次を嫌う理由のひとつになっていた。

体付きは良い。脂肪一つ付いていない引き締まった体をしている。だが、それがまた、顔のいかつい源次の雰囲気をいっそう、けものめいたものにしていた。ほっそりとした体格の女の上に源次がのし掛かると、まさに美女と野獣という感じがした。

源次が、女の背中に唇を這《は》わせる。女は、右手と右足、左手と左足をそれぞれ繋がれて、身動きならない姿で俯《うつぶ》せにされている。お尻を高く突き上げ、丸見えにされている秘所の中を、源次の指がくねくねとまさぐっている。

「ああ、駄目、もう駄目ぇ」

「締めるんだよ、お嬢さん」

「やめて、いっちゃう、もういっちゃう」

「もっと締めるんだ。ほら、お尻の穴に力を入れて」

「うっ」

お尻の穴を源次に舐められて、女はぐっと背中を反らせる。こんな不自由な姿勢を取らされていても、感じてしまった瞬間、女というのは器用に背中を反らせるものだと、愛理紗は感心する。

なんとなく、隣に座っている佑介の方を見ると、佑介の目がいつになくギラついている。目の前の女に対して欲情しているんだと思うと、愛理紗はムッとした。惨めな格好で調教され続け、悶えている女に嫉妬した。

「そうだ、お嬢さん、その調子だ」

「う、ううん！　はあ、はあ」

「さあ、もう一度」

「あ！　あ、ああ！　う、ううん」

「そうだ、いいぞ。締めて。もっと締めて」

「ううん。う、ううん」

女のお尻が、くねくねと踊り始める。身動きならないその姿勢で、自由になるのはお尻だけなのだった。

そのお尻のうねりに、佑介がまた、涎《よだれ》を垂らしそうな顔付きで見入っている。

「源次、なに手間取ってるんだい」

佑介の視線を遮るように割って入った愛理紗は、女のそばに近づくなり、二つの乳首を摘《つま》み上げ、思い切り捻《ひね》った。

「ああ！　い、いやぁぁぁ」

痛みに堪えかねた女の体が、ぷるぷると痙攣《けいれん》する。源次の手管でもういく寸前にまで追い詰められていた女は、その刺激で一気に絶頂まで上り詰めてしまった。源次に仕込まれて名器に仕上がっていた膣が、源次の指を強く締めたらしく、源次の体が少し揺れた。

「あっ」

後ろから引っ張り上げられて、愛理紗は体勢を崩しかけた。振り向きざま、佑介の平手打ちが頬に飛んだ。

「馬鹿野郎！　源次の仕込みの邪魔をするんじゃねえ！」

「だって、こいつがいつまでも」

「源次には源次の段取りってものがあるんだ。そんなこと、分かってるだろう」

「ご、ごめんなさい」

「俺じゃなくて、源次に謝れ」

「いいんですよ、親分。仕込みは大体、出来上がってますんで。もう、これでいいんじゃないでしょうかね」

「おお、そうかい」

親分などと呼ばれても、弱冠二十五歳の若者である。男の下心が露骨に顔に表れる。愛理紗は愛理紗で、拗《す》ねたような不愉快な感情が、顔に露骨に表れていた。

「それじゃ、仕上がり具合を見せてもらおうか」

「へえ」

源次に仕込まれた女の味見をするのは、佑介の仕事だった。それでオーケーが出なければ、源次はいつまでも仕込みを続けなければならないのだった。気に入った女がいると、佑介はなかなかオーケーを出さず、その女の味見を何度も繰り返したりしていた。

佑介が下半身だけ裸になる。華やかな模様に彩られたトランクスを脱ぎ捨てると、自慢の一物が天を突くように反り返っていた。

「い、いや」

絶頂まで追い詰められたばかりの女は、佑介の男根を本気で恐れていた。自由の利かない手足を使って、なんとかその場から逃げ出そうとする。だが結局、佑介に簡単に追い付かれてしまう。

「さあて、どんな具合かな。楽しみだな」

「や、やめて、うっ！　うぐぅっ」

佑介に刺し貫ぬかれて、女は目を白黒させた。一度いかされたことで過敏になっている膣を佑介の太い男根で擦《こす》られて、よほど深い快感が込み上げてきているらしい。

「ああ！　あああっ！　はあっ、あああぁ！」

縛られた足が、指先まで反り返っている。両手は固く握りしめられたり、また、大きく開かれたりと、まるで落ち着きがない。頭を左右に振りながら、身も世もない絶叫を上げ続けている。

一方の佑介も、驚いた顔をしている。挿入した時の感触が、よほど良いらしい。

「こ、これはすごい。こんなに締まりの良い女は初めてだ」

「お褒めに与《あずか》り、光栄です」

「あああっ！　ああ！　ううっうっあ、あああ！」

「しかも、根元から先の方に向かって、搾《しぼ》るみたいにして吸い付いてきやがる。な、なんなんだ、この女は」

「銀星会の会長さんに喜んでいただくということで、特に丹誠込めて、仕込ませていただきました」

「ひぃ、ああ、ああ、う、うぐぅ！」

「こ、こんな仕込みができるのか」

「誰でもというわけじゃございません。このお嬢さんも、なかなか筋がおよろしかった。そのおかげでございます」

その時、女の背中が大きく反った。

「あ、あぁぁ！　いく、いくぅ！」

「お、おおぅ！」

女の叫びに合わせるように、佑介が吼《ほ》えた。一層強く締められて、佑介もいきそうになっているらしい。

「こ、こりゃいかん」

膣の中で射精しそうになって、佑介は慌てた。銀星会への献上物を孕《はら》ませてしまったのでは、元も子もない。慌てて一物を引き抜こうとした。

「ぬ、抜けない」

二度目の絶頂を迎えた女のそこは、佑介を咥《くわ》え込んだまま、離そうとしない。それだけではない、より深い快感を求めて、お尻をくねくねとくねらせてくる。その動きが、一層佑介を追い詰めていく。

「く、くそぅ！」

「ああ！　ああ！　ああ！」

渾身の力を込めて、佑介は一物を引き抜いた。ワインの栓を抜くような音が、小さくぽんと鳴った。

「ああああああぁ！」

抜く瞬間の擦り上げてくる感触が、一段と良かったのだろう、女はまた背中を思い切り反り返らせて歓喜のおたけびを上げ、そしてぐったりとしてしまった。お尻の上に、佑介が放ったスペルマが降り注いだ。

女の体が時々、ぴくんと痙攣する。強烈すぎる快感はそう簡単には去っていかないらしい。荒い息を吐きながら、女は目を閉じて余韻を楽しんでいる様子だった。

佑介もまた、強烈な快感に呆然《ぼうぜん》としている。何かに憑《つ》かれたように、女の姿にいつまでも見とれていた。

「源次、でかした」

「ありがとうございます」

「この女は、たいした名器だ」

「苦労した甲斐がありました」

「この女は、本物の名器だ」

そして佑介は、女の小振りの乳房に手を伸ばし、軽く撫《な》でてやった。女はうん、と甘えた鼻声を出し、自分の腕と腋《わき》の下で佑介の手を挟むようにして締めた。まるで、その手を離してはいやと言っているような素振りだった。

「おまけに、かわいい」

佑介は、女の恍惚《こうこつ》とした表情に、いつまでも見とれている。

「本当に、かわいい」

その女の手を取って、佑介は逃げた。店も、組も、愛理紗さえも捨てて、銀星会から追われる立場になることも承知の上で、女を連れて佑介は逃げたのだ。

愛理紗は、きりきりと唇を嚙み締めた。愛理紗の胸で、嫉妬の炎がめらめらと燃え上がる。それほどまでにあの女が良かったのか。いや、あの女とのセックスが、それほど良かったというのか。

「うちの人が、あの女と」

「そうだ。愛理紗、悪いが、亭主の落とし前は、お前に付けてもらう」

「若頭、この縄を解《と》いておくんなさい」

「縄を解いたら、どうするというんだ」

「あたしが、亭主と女のタマを取ってきます。銀星会の方々には、いっさいお世話をお掛けしません」

鮫島が、ふふんと鼻で笑ってみせる。

「信用できねえな」

「そ、そんな、若頭、あたしは本気で……」

「確かに愛理紗、亭主と女を殺してやりたいという、今の気持ちは本物だろう。それは信じるよ」

「だったら、若頭」

「殺したいってことは、それだけ亭主に惚《ほ》れてるってことさ。気持ちが落ち着いてくれば、女は殺せても亭主は殺せなくなる。亭主と二人で逃げてしまいたくなってくるかもしれねえ」

「そ、そんなことは絶対に」

「てめえの亭主の始末の件は、てめえのでしゃばってくる問題じゃねえって言ってるんだよ」

鮫島の口調が変わった。それだけで、愛理紗は何も言えなくなってしまう。佑介や愛理紗のようなにわか極道とは違う、本物の迫力に思わず気を呑まれてしまう。

「お前に付けてもらう落とし前というのは、そんなことじゃねえんだ」

「そんなことじゃないって……」

「お前には、あの女の代わりを務めてもらう」

「あっ」

「会長には、極上のスケを献上すると、もう報告してしまっているんだ。今更、女は居なくなりましたなどとは言えねえんだよ」

「だ、だったら、すぐに代わりの女を用意します」

「だから、てめえが代わりの女だって言ってるんだ」

「そ、そんな」

「前から思っていた。愛理紗、お前は佑介には過ぎた女だ。お前なら、逃げたあのスケと比べても遜色ない。悪いが今日から、源次の仕込みを受けてもらうぜ」

愛理紗の顔から、さあっと血の気が引いていく。これまで、愛理紗の目の前で、数え切れない人数の女たちが源次の調教によって性奴隷へと仕込まれていった。あの女たちの立場に、今度は自分が置かれるのだ。

あの源次の、毛むくじゃらの手で全身を撫で回され、あのいやらしい唇で乳首やクリトリスを舐《な》め回される。そう考えただけで、全身に鳥肌が立ってくる。

「お願いします、若頭。それは、それだけは……」

「諦めるんだな、愛理紗。お前がどんなに哀願しようと、仕込みは止められねえ。お前と佑介が仕込んできた、他の女たちと同じようにな」

その通りだ。これまで仕込んできたどの女も、今の自分のように必死で助けを請うた。そして誰一人として、自分の運命から逃れられた女はいなかった。

だったら、自分の力でこの場から逃れるしかない。

「あ、こいつ」

愛理紗は突然暴れ出した。油断していた二人の小者の手を振り切り、一方の小者の鼻先に強烈な頭突きを食らわした。

「ぐ、ぐえ！」

暴走族時代には山猫の異名を取った愛理紗である。頭突きを食らった舎弟は、一発でひっくり返ってしまった。顔を押さえた両手の指の隙間から、鼻血がぼたぼたと流れ出して、床に血溜まりを作っていく。

振り返りざま、もう一人の小者のこめかみに、回し蹴りを入れた。

「うあ！」

小者の膝《ひざ》ががくんと崩れ、そのまま床に倒れ込む。たったの一撃で、小者は意識を失っていた。

「こ、このアマ！」

「ふざけやがって！」

壁に張り付いていた若い衆が一斉に色めきたつ。拳銃を取り出す者、ナイフを取り出す者、それぞれの得物《えもの》を持って愛理紗に飛び掛かろうとしている。

「やってごらんよ！　あたしにちょっとでも傷をつけてみな！　会長に献上できる女がいなくなるんだよ！」

みなが戸惑った一瞬、愛理紗は後ろ手で器用にドアを開けると、体を一回転させるようにしてドアを開け、外に飛び出した。

「あっ」

いつの間にか、ドアの所に見張りが立っている。要人のボディガードでも務めていそうないかつい男が、愛理紗の前に立ちはだかった。

えい、と愛理紗は男の股間に蹴りを入れようとする。だが、男の拳は愛理紗の蹴りよりも速かった。鉄球のようなでかい拳で顔面を一撃され、目から火花が散った。

次の瞬間、男は愛理紗の襟首を掴み、絵に描いたような一本背負いで愛理紗を投げ飛ばした。床に思い切り叩き付けられ、愛理紗はぐぇっという呻《うめ》き声を上げた。

「うっ！　ううっ！　ううっ！」

愛理紗は、目を白黒させながら体を痙攣させている。背中を強く打ち付けられたショックで、横隔膜が痙攣を起こしたのだ。金魚のように口をぱくぱくさせるのだが、肺の中にはいっこうに酸素が入ってこない。

「ぐはあ！　はあっはあっ」

ようやく愛理紗が、息の吸い込み方を思い出した時、男は両手をクロスさせて、再び愛理紗の襟首を摑んだ。そして愛理紗の首を絞めた。

柔道の達人に首を絞められる時、全く苦しさを感じないという。この時の愛理紗もそうだった。頸動脈《けいどうみゃく》の辺りでトクン、トクンと脈を打つ感じがして、後はすうっと意識が遠のいていった。白目を剝《む》いて、半開きの口から少し涎を垂らしながら、愛理紗は失神してしまった。

二

「こ、これは」

目を覚ました時、愛理紗は生まれたままの素っ裸に剝かれていた。病院の病室のような殺風景な部屋の真ん中に据えられている大きなダブルベッド。そのベッドの上に、愛理紗は両手両足を繋がれ、大の字に固定されてしまっている。

そこは、源次の仕込み部屋だった。これまで、何十人という女たちを源次が調教してきた場所だ。愛理紗が頭をもたげると、ドアの近く、大股開きの愛理紗の股ぐらを覗く格好で、いつも佑介と愛理紗が座っていた安物の応接セットが据えてある。

その応接セットに、誰かが座っている。自分の恥ずかしい場所をじっくりと観察させていたのだと思うと、思わず愛理紗は身悶えた。

「だ、誰だい！」

「おう、気がついたか」

おそらく、銀星会の小者だろう。愛理紗の見張りをさせられていたらしいチンピラが、誰かを呼びにいく様子で立ち上がった。

「ま、待ちやがれ！　縄を、この縄をほどいていけ！」

威勢の良い愛理紗の啖呵《たんか》に、チンピラの頬がにやりと弛《ゆる》む。

「ねえちゃん、なかなか腰の動きが色っぽいじゃねえか。そそられるぜ」

うっと声を詰まらせ、愛理紗の動きが止まる。確かに、両手両足を固定されたこの姿勢では、愛理紗の身動《みじろ》ぎは腰を動かし、乳房を揺すっているとしか見えない。

愛理紗の動きが止まると、男はさっさと出て行ってしまった。もしや愛理紗に襲い掛かってくるかと思ったが、そうする気はないらしい。それだけ、外で待っている男が怖いということだ。

入ってきたのは、果たして、若頭の鮫島だった。他に手下が三人と、一番後ろから随《つ》いて来るのは源次だった。

「げ、源次、お前！」

「あねさん、この度《たび》はとんだことで」

源次がまるで葬式のような挨拶をする。だが、今の愛理紗の境遇を考えれば、むしろそれは似つかわしい挨拶だろう。

鮫島は、丸出しになっている愛理紗の秘所を眺めながら、スケベたらしい笑みを浮かべている。

「へへへ、愛理紗。いい眺めだな。見ているこっちの方が赤面するぜ」

「うう、若頭、見ないで、見ないでください」

愛理紗にとって源次は男でもなければ人間でもない。ただ、女にいやらしいことをするしか能のないけだものに過ぎない。そんなけだものに、股間を見られようがどこを見られようが、なんとも思わない。だが、恩人でもあり、尊敬する極道の大先輩に股座《またぐら》の奥まで眺められるのは、死ぬほど恥ずかしかった。

「今日はお前の仕込みの記念すべき一日目だ。俺も、見守らせてもらうぜ」

「そ、そんな」

鮫島は、ソファーの真ん中にどっかと腰を下ろし、目の前のガラスのテーブルの上の安っぽい灰皿を手元に引き寄せた。両脇に二人の手下が座り、一人が煙草を、一人がライターを鮫島に差し出す。あと一人は、ドアを塞《ふさ》ぐ形で立つと、さも興味なさそうに、それでいてしげしげと、愛理紗の下半身を見詰めている。

源次は応接セットと反対側に据えてあるロッカーを開けると、服を脱ぎ始める。女の仕込みを始める時の、いつもと変わらぬ段取りだった。

「お、お願いです、若頭。本当に、親分に差し出す女は私が用意しますから」

「源次、こいつの口に猿轡《さるぐつわ》を噛ませられないのか？」

鮫島は、愛理紗を無視して源次に話しかけた。

「ちょっと、うるさいんだがなぁ」

「申し訳ありませんが、若頭。段取りがありますんで」

「へえ、そんなもんかい」

源次は、まるで料理人のような口を利く。実際、彼は女をおいしい娼婦に料理する、板前のようなものだった。

鮫島には、そんな口振りがおかしかったらしい。ふふっと小さく鼻で笑うと、ソファーに体を凭《もた》せ掛けた。

「おもしろい。源次、お前の手並みを見せてもらおうか」

源次が、褌一丁の裸になる。年齢を感じさせない、贅肉一つない体が剝き出しになる。それはまさに、けものの体だった。

目もそうだ。再び愛理紗に投げられた源次の目は、既に獲物を狙うけものの目になっている。愛理紗の全身に鳥肌が立つ。

「やめな、源次！　あたしに近づくと、ただじゃおかないよ！」

愛理紗は全身を揺り動かして、抵抗しようとする。ぷるぷる震える乳房や股間を見て、鮫島や手下のズボンの前が張り出してきていることも、今はなんとも感じない。とにかく、源次に自分の体を撫で回されることだけはどうしても嫌だった。

いくら藻掻《もが》いても、両手両足を縛り付けている縄はいっこうに弛む気配がない。そんなに強く結《ゆ》わえてはいないように見えて、縄目は愛理紗の手首足首にしっかりと纏《まと》わり付いている。

それは源次の仕事だった。これまで、幾多の女たちをこうして仕込み部屋のベッドに縛り付け、思う様《さま》、陵辱してきたのだった。その間、源次の縄が弛んだり、ほどけたりしたことは一度としてなかった。

源次はダブルベッドの周囲をゆっくりと歩いて、愛理紗の頭の方に回り込んでくる。そしてそっと、愛理紗の髪を撫でる。愛理紗はいかにもいやそうに頭を振って、源次のその手を振り払った。

「嬉しいですよ、あねさん」

「何がだよ！」

「あっしはずっと思っていましたのさ。一度でいい、あねさんのことを仕込んでみてえってね」

「だ、誰がお前なんかと！」

「ところがあねさんは動けねえ。逃げ出したくても逃げられねえ」

「くっ」

源次がゆっくりと身を起こす。散歩でもしているような然《さ》り気《げ》なさで横に回り込むと、静かにベッドに上がってくる。

「く、来るな！　それ以上近づくな！」

源次の仕事の段取りは分かっている。まず源次は、愛理紗の唇にキスをする。

「仕込みは、女の体を馴《な》らすだけでは足りない、女の心を馴らしてしまわなければ、使い物にはならないんでさ」

これが源次の口癖だった。源次が言うには、女が愛撫を愛と感じるか、強姦と感じるかの違いは、男のキスを受け入れるかどうかによるのだと言う。どれほどいやらしいことをされようとも、どれほど猥褻《わいせつ》な行為を強要されようとも、唇を許した女はそれを愛の証《あか》しと感じることができると言うのが源次の持論だった。

「縛られて身動きできない状態で無理やりキスされた女も、やっぱり愛に目覚めるのかよ」

佑介はよくそう言って源次をからかっていたが、調教の初めに女の唇を奪う源次の習慣は変わることがなかった。

「よ、よせ、や、やめ、む、むう」

頭を両手で挟み込むと、源次は愛理紗の唇を塞いだ。

それは愛理紗の唇に源次の唇を押し付けただけの、実にあっさりしたキスだった。何か、源次らしい工夫が凝らされているとずっと思っていたのだが、実際は意外に淡泊なものだった。愛理紗は源次に舌を入れられないように歯を食いしばっていたが、源次は最初から舌を入れてくる気もないようだった。

「ぷっ」

源次が唇を離したとたん、愛理紗は源次の頬に唾を吐きかける。

「誰が、誰がお前なんかの言いなりになるものか」

源次はまるで動じない。黙って、腕で頬を拭《ぬぐ》うと、愛理紗の右の脇腹に軽く五指の爪を立てた。

愛理紗の体がびくんと痙攣する。源次の指の擽《くすぐ》るような感触に、思わず反応してしまう。

源次はゆっくりと、五指の爪を上に這わせていく。脇腹から乳房の裾野へ、そこから腋の下まで移動すると、指先で円を描くようにくるくると二、三回回すと、腋壺の真ん中辺りを少し強く、人差し指の指先で押した。

「う、くくうっ」

擽ったいような、甘だるいような感触に、動かすまいと思っても自然に腰が動いてしまう。体の奥の方が熱を帯びてきて、愛理紗は思わず目を閉じてしまいそうになる。

愛理紗の目から、一筋涙が流れ出した。

(だ、駄目だ)

たったあれだけの悪戯《いたずら》で分かる。愛理紗は源次に、絶対に逆らえない。結局、愛理紗は、源次の愛撫にいいようにいたぶられ、弄《もてあそ》ばれ、そして陥落させられてしまうのだ。今の爪先の愛撫は、そう納得させられるに十分なほどに強烈な刺激だったのだ。

思えば、源次のあの手管《てくだ》で、一体何人の女たちが屈服させられてきたことだろう。どの女も必死になって源次に抵抗し、哀願し、男に操を立てて感じまいとした。こんな辱《はずかし》めを受けるくらいならいっそ殺してと泣き叫んだ女もいた。

だが、その誰一人として、源次には勝てなかった。結局、身も世もないほどに感じさせられ、乱れ、そして源次に服従を誓うことになるのだ。

愛理紗が初めて源次の仕込みを見た時もそうだった。その日の犠牲者は、銀星会と対立していた組に所属する、女やくざだった。女だてらに刀を振り回し、ピストルを撃ちまくる武闘派だったが、生け捕られた。この女侠客を骨抜きにして、使い物にならなくさせるのが源次の最初の仕事だった。

その女やくざは、今の愛理紗と同じように大の字に縛り付けられ、同じように源次のキスを受け、そして同じように、源次の顔に唾を吐き掛けた。

だが、その一時間後、女侠客は泣き叫び、悶え狂っていた。二時間後にはもう許してと涙ながらに哀願し、三時間後にはあまりの快感の深さに耐え切れず、気を失ってしまった。そしてその女が気を失うまでの間、女はひたすら声を上げ続け、身悶えし続けていた。最後に動かなくなった時、女の体は全身、脂のようなねっとりとした汗で濡れていた。

その一部始終を見せられた愛理紗は呆然とした。なんという凄《すさ》まじい責め苦であることか。ただ見ていただけなのに、愛理紗の体もぐったりと疲れ切っていた。まるで自分の体を愛撫され続けていたように、体の芯が熱く火照《ほて》っていた。

愛理紗が源次を本気で嫌い始めたのは、この最初の仕込みを見てからだった。その嫌悪感の底にあるものは、恐怖だった。もし源次が突然自分に襲い掛かってきたら、自分は完膚なきまでに打ちのめされ、身も心もぼろぼろにされ、屈服させられてしまうことだろう。そしてそうなるまでの間に、自分はどれほど辱められ、醜態を晒《さら》し、そして感じさせられてしまうのだろう。そう考えると、愛理紗は源次が恐ろしく、彼が島村組の中を歩き回ること、愛理紗の視界の中にいることさえも、厭《いと》わしいことに思えてきたのだった。

愛理紗の悪夢は、今現実のものになろうとしている。あの時の女侠客の運命は、そのまま今の自分の運命でもあるのだと思うと、情けなくて涙が出てくる。

「かわいそうに、あねさん」

涙ぐんでいる愛理紗の耳元で源次が呟《つぶや》いた。

「親分を女に寝取られ、自分はこうして置き去りにされ、家も何もかもなくして。おまけにこんなあられもない姿で縛り付けられ、体を弄ばれて。さぞかし、つらいことでしょう」

「う、うるさい！　黙れ！　お前なんかに、同情されてたまるか！」

「大丈夫ですよ、あねさん」

そして源次は、愛理紗の耳元に口を近づけて、息を吹き掛けるようにして囁《ささや》いた。

「すぐに、何も感じないようにさせてあげますよ」

悲しみを感じる余裕もないくらいに、悶え狂わせてやると言っているのだ。

「うっ！」

源次が、反対側の脇腹に爪を立てる。さっきと同じようにゆっくりと、下から上へと爪先を這わせていくと、もどかしい感覚に身を震わせて、愛理紗の背中が太鼓に反る。

（え？）

源次が体を起こして、体を反転させる。愛理紗の目の前に、褌が尻の割れ目に食い込んだ、源次の尻が突き出される。

「そ、そんな」

源次が次に何をしようとしているのか、察した愛理紗は身を震わせた。

「な、なぜ……」

源次の日頃の仕事の段取りを知っている愛理紗からすると、源次のあまりに早い仕掛けが理解できなかった。今まで、こんなに早くそこを責めることはなかった。

「女は、焦《じ》らさねえとね」

それは、源次の口癖の一つだった。

「女の体をいじって、女が感じる。これは、女を落としたことにはならないんでさ。飯を食ったら腹が膨れる。水を飲んだら渇きが止まる。それと同じことでね」

だから、焦らす。女の体をいじりながら、肝心の部分に手を触れない。女が焦れてきて、そこに触れてもらいたくなるまで、肝心の部分には触れないというのが、源次のやり口だった。

触れてほしいという女の気持ちを高ぶらせてから、そこに触れる。すると、自分の望みを叶《かな》えてもらえた女の心が、少し崩れる。

そういうことを何度も繰り返すことで、源次は女を内側から落としていく。体を落とすことで心を落とそうとするのではなく、心を落とすことでさらに深く、体を落としてしまうのが、源次のやり方だった。

だから、いきなりそんなところを責めてくるなどというのは、およそ源次らしくない段取りなのだ。

「あはっ！」

クリトリスを舌先で舐められ、愛理紗は声を上げた。もう少しでもっと艶めかしい声を上げるところだったが、辛《かろ》うじて耐えた。

源次はゆっくりと、丁寧に、愛理紗のクリトリスを舐め続ける。反応すまいと思っても、愛理紗はびくっびくっと身を震わせてしまう。呼吸は荒くなり、全身にうっすらと汗が滲んでくる。

「ぐぐっ、はあ、はあ、ううっ！　ぐぐっ！」

我慢できずに、声が出る。甘えたような声を出して、源次を勢いづかせまいと頑張るので、声も自然と野太い、潰れたような声になってしまう。それでも、声を出すこと自体を我慢することはできなかった。

愛理紗は渾身の力で身を反らせると、頭の横の辺りのシーツを噛んだ。そうやって、洩《も》れる声を押し殺すつもりだった。

「こいつぁ、気が強えや」

傍観していた鮫島が、さも面白そうにそう叫んだ。

「おい、源次、こいつぁ、お手並み拝見ってやつだな。このじゃじゃ馬を、ひいひい泣かしてやんな」

「へい」

短く答えると、源次はまた、愛理紗の股間に顔を埋める。くぐもった呻き声を少し上げながら、愛理紗の全身がびくんと揺れる。

源次はいつまでも、延々と愛理紗の陰核を舐め続ける。一番敏感な部分から込み上げてくる感覚に、愛理紗はどんどん追い詰められていく。

体が熱い。腰の辺り全体が火照って、甘だるい感覚で愛理紗を落ち着かなくさせる。時々込み上げてくる快感の発作で、愛理紗の全身はびくびくと震えた。

源次の口撃は続く。愛理紗の一番敏感な場所だけを、源次は執拗に責め続ける。

シーツを銜えたまま、愛理紗の頭が右に左に揺れ動く。その度に、自慢の黒髪がばさっばさっと翻《ひるがえ》る。そうやって、自分を支配しようとする快楽の嵐から少しでも逃れようとしているのだった。

だが、容赦ない源次の責めは、確実に愛理紗を追い詰めていった。

「ぐっ、ふうっ」

声を上げまいとしても声が出る。息が荒い。静めようとしても、静めようがない。はあ、はあという愛理紗の呼吸が、密室の中でことさら大きい音のように感じられる。

源次には、女の体の大抵の場所は性感帯として開発できるテクニックがあった。にも拘《かか》わらず、他の場所には目も向けず、源次はひたすら愛理紗の秘所だけを淡々として舐め続けていく。

愛理紗の肉芽は、長い愛撫のためにどんどん敏感になっていった。今は、源次がひと舐めするたびに全身が震えるほどに、強烈な感覚が全身を突き上げてくる。そんな強烈な感覚が、短い間隔で連続的に襲ってくるのだから、堪《たま》らない。

「ぐふっぐふうっ」

シーツを銜えた喉の奥から、切羽詰まった呻き声が洩れ始める。全身に玉の汗が滲み、両足の指がぐぐぐ、と反る。

「あはっ！」

愛理紗の体の中で、何かが弾けた。全身をびくびくっと震わせて、愛理紗は小さくいってしまった。

それでも、源次の責めは続く。まるでそうすることしか知らないかのように、源次は愛理紗のそこを舐め続ける。

「うっ、うふぅっ」

一度いったことで、愛理紗のそこは一層敏感になってしまった。腰の辺りから込み上げてくる快感は、これまでの愛理紗が一度も経験したことのない強烈なものになっていた。その強烈な感覚が、源次の舌が肉芽をひと舐めする毎《ごと》に全身を駆け抜けていく。それはもう、歓びというよりも苦痛に近い強烈さだった。今度こそ、愛理紗は本当にいってしまいそうになった。さっきのような小さな波ではなく、頭の中が真っ白になってしまうような、強烈な感覚が腰の辺りから込み上げてきていた。

その時、源次が舌を引いた。最後の瞬間を迎えるはずの愛理紗の体の嵐が、すうっと静まった。

「あ、ああ！」

あと少しのところでおあずけを食った愛理紗は思わず声を上げてしまった。もし相手が源次でなくて佑介だったら、もっとストレートに駄目、やめないで、と叫んでいたところだ。

「ち、畜生」

そして愛理紗は、悔しそうな声でそう呟いた。自分が、まんまと源次のペースにはまっていることに気がついたからだ。

体を落とすのではなく心を落とすというのが、源次の身上《しんじょう》だった。そのために源次は、焦らしの戦術を好んで使う。相手を焦らして、相手が自分の愛撫を待ち望んでいる状態にさせることで、相手を心底屈服させる。その状態にさせて初めて、源次は女に最後の瞬間を迎えさせるのだ。

初めはいつもと違うと思ったが、やはり源次は源次だった。愛理紗の抵抗感が強いことを見て取って、最初に強烈な刺激を与えて骨抜きにしてしまおうという作戦だったのだ。結局は、いつもの源次の仕込みに戻ってくるのだ。

「あねさん、あねさんの体は素晴らしい。あっしは昔から、あねさんの体を仕込んでみたかった」

そんなことを呟きながら、源次は愛理紗の太腿《ふともも》の内側や、足の付け根の辺りを撫でさすっている。さっきまでの強烈な感覚に比べれば、あまりに物足りない小さな刺激だった。

だが、愛理紗は知っている。源次は突然、またさっきの責めを再開してくる。そして女は、焦らされる前以上に、源次に翻弄《ほんろう》されてしまうのだ。

そうならないように、愛理紗は身構えていた。改めて、シーツをしっかりと嚙み直す。源次の不意打ちに狼狽《うろた》えないように。その瞬間、源次を喜ばせるような狼狽え方をしないように。

「ぐふぅっ！」

反応すまいと思っていたが、やはり愛理紗の体はびくんと跳ねた。源次の舌が再び愛理紗の肉芽を擦り上げると、表面的には治まっていた快楽の炎がたちまち大きく燃え上がり、愛理紗の全身をめらめらと焦がす。

「ふうっ、ううう っ」

愛理紗の腰が動く。もう離れていかないでとでも言いたげに、愛理紗の秘部を源次の舌に押し付けていく。愛理紗は、心に反して源次の手管に乗せられていく自分の体を恨めしく思った。

愛理紗は源次のやり口を知っている。今度も源次は、愛理紗をいかせてはくれない。また直前で愛撫を止めて、愛理紗が完全に屈服するまで、焦らし続けるのだ。

分かっているのに、体は源次に媚《こ》びてしまう。気がつくと、愛理紗の脚は蟹股《がにまた》の大股開きになっている。源次がそこを舐めやすいように、脚を極限まで開いている自分を、愛理紗は浅ましいと思った。

「あふっ！　ふうっ、ふうっ！　ぐぐ！　ぐううう！」

今まさに絶頂を迎えようとする瞬間、源次は再び舌を引いた。

「ううっ、ううぅん、」

愛理紗が、切なそうな声を出す。二度目のおあずけは、一度目以上に辛かった。源次の舌を慕って、腰を思い切り突き出していく。そのいやらしい動きに、鮫島が膝を叩いて喜んでいる。

「いいぞ、源次、その調子だ。愛理紗を思い切り辱めてやりな」

「へえ」

愛理紗の肩が小刻みに揺れ始める。目からは、不覚の涙が溢《あふ》れ出した。

悔し涙ではない。いきたいのにいかせてもらえないのが辛くて、惨めで、つい泣いてしまったのだ。

「かわいそうに、あねさん。さぞ、お辛いことでしょうね」

愛理紗は、源次をきっと睨み付ける。今の愛理紗がどんな状態なのか、手に取るように知っていながらとぼけた口の利き方をするこの男が、心底憎かった。

「早くいかせて欲しいんでしょう？　でも、そうはいかないんでさ。そのことは、あねさん、あんたが一番ご存じだ」

その通りだった。源次に仕込まれた女たちはみな、今の愛理紗と同じように涙を流して、はやくいかせてと哀願した。だが、それで許された女は、一人もいなかった。

源次が体を反転させて、愛理紗と向かい合う形になった。両手を愛理紗の乳房に伸ばし、挟み込むようにしてゆっくりと、慈《いっく》しむように揉み始める。溜め息のような声を上げ、愛理紗が目を閉じる。

執拗なまでに続けられたクリトリスへの愛撫で高ぶってしまった体は、乳房への刺激と膣への刺激に飢えていた。だから、胸を揉まれた瞬間、愛理紗は反射的にその愛撫を受け入れてしまっていた。これもまた、源次の仕込みの手に乗せられていると分かってはいながら、そうせずにはいられなかった。

だが、物足りない。源次は胸を揉んでくるが、乳首に触れようとはしない。愛理紗が一番刺激してほしい場所がそこであることに気がついているはずなのに。

なによりもどかしいのは、まだ一度も触れてもらえない、膣の中だ。二度のおあずけですっかり臨戦態勢の整っているそこからは、愛液が外に漏れ出して太腿を濡らしている。

源次の指が擽るように、愛理紗の乳輪の輪郭を辿《たど》る。愛理紗は源次の指を追って、乳首を指先に押し付けようとする。だが、源次の指は愛理紗の乳房に合わせて逃げていき、乳首の先への刺激は与えられない。

「う、ううう」

双つの乳首はもうすっかり充血しきっていて、痛いほどに張っている。せめて乱暴に乳房を揺すってくれれば、その振動で少しは乳首も満たされるのに、源次はそれもしてくれない。

あまりの切なさに愛理紗は思わず顔をそむける。愛理紗の顔に、皺になったシーツがばさっと被《かぶ》さってくる。

愛理紗と源次の二人の体重で押さえ付けられているにも拘わらず、その時既にシーツはすっかりめくれ上がって真ん中に寄ってしまっていた。それほど、愛理紗の悶え方は凄まじかった。

「あっ！」

切ない快感に思わず気が遠くなって口が弛んだ瞬間、源次はシーツを愛理紗からさっと奪い取った。抵抗する暇《ひま》さえない。シーツのかたまりは、あっという間にベッドの向こうに投げ捨てられていた。

「さあ、あねさん。そろそろ、話をしようじゃないですか」

「だ、誰が、誰がお前なんかと！」

「なあに、ややこしい話をしたいんじゃねえんだ。ただ、ちょいと聞きたいだけなんでさ」

そして源次は、愛理紗の耳元に唇を近づけてきた。

「今度は、どうしてほしいんです？」

「…………」

「今度はどこを、触ってほしいのかと訊いているんですよ」

思わず顔を赤らめ、顔を背ける。さっきまでの淫《みだ》らな焦れったさを源次に見透かされたようで、愛理紗は狼狽えた。

「あ！　ううっ！」

源次が、乳房攻撃を再開する。相変わらず、いじってほしいツボを外した、あまりに焦れったい愛撫の仕方だった。

「うう、やめろ」

「あねさんが教えてくれないのなら、いつまでもこのままですよ」

「だから、やめろと言ってるだろ！　もう、いい加減にやめろ！」

「その選択肢は、ないんですよ」

「あっ！　ああっ！」

「素直になればいいんですよ、あねさん。今、心の中で思っていることを口に出せばいいんです」

「死んでも、そんなこと、はあぁっ！　ああんっ！　ううっ」

「このまま続けていると、あねさん、おかしくなってしまいますよ」

本当に、変になりそうだった。いっそ涙を流して、お願い、もう許してと哀願してしまいたい。だが、女の意地がそれを許さなかった。

「今、どこが疼《うず》いているんです？　今、どこを撫でてほしいんです？　さあ、あねさん。言ってくれなきゃ、分からないよ」

「あ、ああっ！　ああっ！」

「さあ、あねさん、言葉に出して」

「ち、畜生、お前なんかに、誰がお前なんかに」

「そのお前なんかに抱かれて、あねさんはけものになるんでさあ」

「あっ、ああっ！」

「あねさんは、大嫌いな源次にいじり回されて、けだものになるんですよ。淫乱な、けだものにね」

「あ、あはあ！」

やわやわとした手付きで、源次は乳房を揉み続けている。そのもどかしい刺激が言葉嬲《なぶ》りと相俟《あいま》って、時々ずしんと股間に響く。

「ああ、もう堪忍して」

「さあ、口に出して言うんですよ、あねさん。言葉に出して」

「あ、はあ、いやあ」

源次の二本の中指が、愛理紗の乳房の裾野をなぞる。その操ったさで、乳首がいっそう勃起してくる。内側の裾野をなぞる時、源次の両腕が愛理紗の乳首の上を掠《かす》めるようにして通り過ぎる時、愛理紗は胸を突き出すようにして疼いた乳首を源次の腕に擦り付けようとしたが、源次はすっと手首を引いて、触れさせようともしない。愛理紗が自分から求めてこなければ、これ以上の刺激は何も与えるつもりはないらしい。

愛理紗は、とうとう負けた。

「……乳首を」

「乳首を、どうして欲しいんです？」

「ああ、お願い、乳首を、乳首の先を」

「乳首の先を、どうするんです？」

「噛んで。……あ、あああぁ！」

源次が、愛理紗の右の乳首を、散々じらされて充血しきっている乳首を、思い切り噛んだ。頭の先にまで響くような鋭い痛みに、愛理紗は体を痙攣させる。

「ああ、い、痛い！」

だが、その痛みはすぐに快感に変わる。痛みの激しさに等しい強烈な快感が股間にずんっと脈打ち、愛理紗は大きく背中を反らせた。

源次はガムでも噛み続けるように、愛理紗の乳首をくちゃくちゃと噛み続けている。一番初めのような容赦のない噛み方ではなく、痛いような擽ったいような、噛まれている愛理紗の方がもどかしくなってくるような切ない噛み方だった。そうして右の乳首を噛み続けながら、もう一方の乳首を指でころころと転がしたり、時々指先でぎゅっと強く押し潰したり捏《こね》たりする。唇が左の乳首に移ると、今度は右の乳首を指で弄ぶ。

「ふ、ふううぅ、はあぁぁ」

愛理紗はもう、すっかり我を忘れてしまっている。腰が自然に、小刻みに震えてくる。乳首が満たされれば満たされるほど、さっきまで満たされていた肉芽が、そしてまだ一度も触れてもらえていないホールが、刺激を求めて強烈に疼き始める。

「あああ！」

乳首への刺激だけでいきかけていた愛理紗が、叫んだ。源次が、乳房への愛撫を中断してしまったのだ。

「さあ、お望み通り、乳首を噛んで差し上げました。今度は、どうして欲しいんです？」

「お、鬼！　この、人でなし！」

「言ってくださいよ。言ってくれないと、どうしたらいいか、分からないじゃないですか」

「好きにしろよ！　そんなもの、どうでもお前の、勝手にすればいいんだ！」

「私のやりたいようにで、いいんですね。それじゃ」

源次は移動して、愛理紗の股座《またぐら》を覗き込める位置に動いた。感じ過ぎて愛液を溢れさせている秘所を間近で覗かれると、その場所がまた、じゅんと熱くなる。

「は、はぁぁあ！」

源次はしかし、そのものずばりの場所は責めなかった。両脚を大きく開いているためにできた脚の付け根の窪《くぼ》みの辺りを、子犬がミルクを舐めるようにちろちろと舐め始めた。

「く、くうぅ」

そこも、感じる。だが、物足りない。愛理紗は腰を源次の舌の方に動かして、膣の中を刺激してもらおうとする。

源次が逃げる。愛理紗があぁっと、哀《かな》し気な声を出す。

今度も、愛理紗が自分から求めるまでは、膣を責めてくれない。愛理紗が自分で求めるまで、源次はいつまでも愛理紗を焦らし続ける。

と、思っていた。

ところが源次は突然、舌先を再びクリトリスに移し、同時に指を膣に挿入してきた。

「は、はあぁ！」

源次に屈服させられた最初から、ずっと求めていた刺激である。愛理紗は一際高い声を上げ、全身を震わせた。

「い、いい……」

小さな声で呟く。既に源次の焦らし戦法に完全に乗せられているのだが、今の愛理紗にはそのことに気がつく余裕もない。ただ、源次が開始した愛の行為を、なんとか続けてもらいたい、このまま絶頂まで責め続けてほしいと願うばかりだった。

「あああ、いい、ああ、感じる、感じるぅ」

源次が挿入してきた指は一本だけだったが、その指は愛理紗の中のこりこりした辺りを掻《か》いてくる。そこを掻かれると、そのたびに気が遠くなりそうなくらいに、いい。クリトリスを舐められる刺激も強烈だし、本当に愛理紗は、そのままどうかなってしまいそうだった。

「あ、あ、ああ！　ああ、もう、源次、もう」

愛理紗が腰を浮かせる。そうやって、少しでも源次に密着しようと、背中を反らせ、足を突っ張り、太腿を絞めて脚で源次の顔を挟み込もうとするのだが、思い通りにならないのがもどかしい。

「ああ、い、いく、いきそう、もう、あああぁ！」

今までにない大きな波が、愛理紗を襲う。全身をがくがくと震わせながら、愛理紗は最後の瞬間を迎えようとしていた。

だが、今度も源次は愛撫を中断させた。クリトリスから唇を離し、膣の中から指を抜いた。

あああぁっと、愛理紗は絶望の声を上げ、そしてしくしくと泣き出した。本当に、こんな仕打ちを受け続けていたら、頭がどうかなってしまいそうだった。

「ちょっと疲れましたね。今日は、これくらいにしましょう」

「いや、ああ、いや」

愛理紗には、もう大きな声で抗議する気力もない。消え入りそうなか細い声で、辛うじてそう呟くのがやっとだった。

「だったら、どうして欲しいんです。はっきり言ってもらわないと」

「お〇んこに、お〇んちんを入れて」

愛理紗はストレートな表現でそう要求した。

源次の初日の仕込みの最後が、この言葉を言わせることのはずだった。恥ずかしがる女にこの言葉を口にさせ、ことに及んでその日の責めが終わるというのが、いつものパターンだった。

今の愛理紗にはもう、最後の仕込みを受ける気力が残っていない。だからあっさり、源次が望んでいる言葉を口にした。それで、愛理紗は許されるはずだった。

だが、愛理紗の言葉は少しだけ物足りなかったようだ。源次は愛理紗の耳元に口を近づけ、呟いた。

「入れてじゃねえだろう。入れてくださいだろう」

「あっ」

突然、乱暴な口調に変わった源次に、愛理紗の股間がぴくんと反応した。これで完全に源次に屈服させられたという屈辱感が、愛理紗の胸にひしひしと迫ってくる。

「さあ、言うんだ、愛理紗」

「ああっ」

源次が、愛理紗を呼び捨てにする。これも、これまでになかったことだった。たった一日の間のめまぐるしい変化に、愛理紗は目眩《めまい》を感じた。

「……い」

「なんだ？　聞こえないぞ」

「愛理紗のお○んこに、源次さんのお○んちんをください」

「言おうと思えば言えるじゃないか」

愛理紗の目からまた、涙がこぼれ出してくる。

「うう、く、悔しい」

源次は、腰の六尺をするすると脱ぎ捨てる。源次も愛理紗と同じ、素っ裸になる。

源次の一物は、もうすでに硬くなっている。それは決して大きい方ではないが、中年を過ぎて、まだ十分の硬さと角度を保っているのが源次の自慢だった。


「仕込みに使う一物は、あまり大きくない方が良いんでさ」

負け惜しみのように、源次はいつもそう言っていた。

「大きいので仕込むと、女のあそこが緩くなってしまうんでね。少し細身くらいので仕込んだ方が、締まりの良い女に仕上がるんでさ」

「なるほど、だから源次、お前は女を仕込むのが得意なんだな」

佑介は、源次をからかうようにそう言っては笑ったものだ。

「俺のは駄目だ。女のあそこが、ゆるゆるになる」

さらにそう付け加えることもあった。すると、私のあそこもゆるゆるなのかと、愛理紗はちょっと不愉快になったりもしたが、一方、閨《ねや》の中で佑介に狂わされた夜を思い出して、顔が赤らんできたりもした。

「ぐ、ぐうっ」

佑介の巨根に馴らされているはずの愛理紗のそこに、細身の源次が侵入してくる。

だが、今の愛理紗に、二人の違いは全く気にならなかった。待ちに待った刺激に、愛理紗の体がぐうっと反り返った。

「あ、あああああ！」

挿入された男の一物を少しでも感じようと、愛理紗は膣をぐぐっと締める。太さでは佑介に及ばないが、硬さの点では源次の方がはっきりと勝っていた。その硬いもので体の中を擦り上げられると、お尻の穴の辺りに自然に力みが入ってくる。

「あ、あ、いい、ああ、すごい！」

「いいです、すごいです、だろう」

「ああっ、い、いいです、ああ、すごい！　ああ、いきそう。私、もういってしまいそう。ああ！　いく！　いくぅ！」

腰が、自然に痙攣してくる。長過ぎる前戯に追い詰められていた体は、簡単に絶頂を極めてしまった。ああああっと長い叫び声を上げると、愛理紗の全身にいきみが入り、がくがくがくっと痙攣する。そしてそのまま、愛理紗は動かなくなってしまった。胸の辺りだけがはあはあと荒い息を弾ませているのが、また一段とエロティックな雰囲気を醸していた。

源次は、ゆっくりと愛理紗の腰から一物を抜いていく。愛理紗の腰が、行かないでとでもいうように源次を追い掛ける。

「ああっ、あはぁ」

もう少しで本当に抜けてしまうというところになって、源次はもう一度、思い切り、腰を突いた。絶頂を迎えたばかりで過敏になっているそこを、源次の硬いそれが思いっ切り擦り上げる。予想していなかった強烈な刺激に、愛理紗の全身がくねくねとうねる。

「い、いや、もう堪忍して」

源次は、聞く耳を持たない。また、ゆっくりと一物を引き抜いていくと、抜ける寸前に思い切り突いてくる。愛理紗の体がまた、太鼓に反る。

「い、痛い、源次、痛い」

嘘ではない。敏感になり過ぎてしまった局部は、感じ過ぎて痛かった。縄で拘束された両脚を蠢《うごめ》かせて、なんとか源次の責めから逃れようとする愛理紗だったが、それは無駄な抵抗だった。

「ぐ、ぐふぅっ」

源次の三度目の攻撃が、愛理紗を貫いた。愛理紗はくぐもった声を漏らし、そして抵抗を諦めた。快感のすさまじさが、痛みに勝った。

源次の腰が、ゆっくりと動き出す。それに合わせるように、愛理紗の口がああっ、ああっと呻き声を上げる。右に左に揺れる愛理紗の顔は、眉間《みけん》に深い縦皺を作り、すっかり快楽の波に飲まれてしまった様子を見せていた。

「ああ、駄目、源次、やめて、感じる、感じ過ぎるぅ」

「やめてください、と言うんだ」

「ああ、やめて、や、やめてください、あっ、ああっ！」

愛理紗の体はもう、全身汗まみれになっていた。源次に責め立てられて体をうねらせるたびに、愛理紗の体から汗のしぶきが飛ぶ。そのしぶきを身に受ける源次の体も、自分の汗でぬめぬめと光っていた。

愛理紗は、体を反らせて源次を締める。本当は、両手を目の前の男の背中に回したいのだが、両手両脚を固定されている姿勢のままではそれも許されない。だから、唯一自由の許されている膣を使って、目の前の男のそこを抱き締めようとしている。

「あ！　ああ！　また、いく！　いく！　あああ！　いくぅぅ！」

愛理紗の体が強く反って、がくがくと痙攣し始めた。源次もまた、最後の瞬間が近づいてきているらしく、苦しそうな表情を浮かべながら、腰を一層激しく使い始めた。

「あああ！　いい！　いく！　また、いく！　あああ、いっちゃう！　いっちゃうぅ！」

「愛理紗！　愛理紗！」

「ああ！　す、すごい！　あああ！　すごい！　あああ！」

愛理紗の左腕を固定していた縄が、あまりに激しい愛理紗の動きのために外れてしまった。

愛理紗は、自由になった腕で口を押さえて、自分の呻き声を必死で殺そうとする。だが、今までで一番大きな絶頂を迎えて、愛理紗は思わずけもののように吼えた。

「が、がはぁ！」

全身の筋肉が硬直して、源次の体が浮きそうになるほど反り返った。

「う、うおぉ」

今度は、源次が吼える。どうやら、源次も最後の時を迎えるらしい。そして源次は、自分の一物を愛理紗の中から一気に引き抜いた。

「ぐふっ」

乱暴に引き抜かれるペニスに擦り上げられて体を震わせながら、愛理紗は無意識に腰で源次を追い掛ける。愛理紗のお腹の上に、源次の熱いスペルマが撒《ま》き散らされる。愛理紗を見下ろすように仁王立ちしたまま、源次はぜいぜいと荒い息を吐いている。

愛理紗もまた、抑えようのない荒い息を吐きながら、全身を痙攣させせ続けている。いかにも精根尽き果てたという様子で、ぐったりとベッドに身を沈めたままでいる。キスをしようと源次が顔を近づけていくと、愛理紗は自分から源次の唇の間に舌を割り入れてきた。

「うふぅん」

源次に舌を強く吸われ、愛理紗は甘えたような鼻声を出した。

「す、すげえ」

鮫島の横に控えているチンピラの一人が、思わずそう呟いた。

「てめえも、もし組に逆らってみろ。てめえのスケを源次の生《い》け贄《にえ》にしてやるぜ」

「そ、それは勘弁してくだせえ。こんなすげえセックスを仕込まれたら、俺じゃあ二度と満足させられなくなっちまう」

「ははは、なんだ、えらく自信をなくしちまったみてえじゃねえか。自慢のでか魔羅《まら》が泣くぜ」

「いや、俺ぁ、あんなに女を歓ばせたことは一度もねえんで」

「ふむ」

鮫島も、内心、源次の手管に驚嘆していた。源次の話は以前に佑介から聞いていたのだが、その仕込みがこんなに凄まじいものとは知らなかった。

（愛理紗の仕込みが出来上がったら、佑介に代わって俺が味見をしてやろうと思っていたん

だが）

その頃には愛理紗は、もう源次以外の男では満足できない体になってしまっているに違いない。こんなことなら回りくどいことはせず、素直に押し倒してしまえばよかったと、鮫島は今更ながら後悔する。

（それにしても佑介の野郎、とんでもない男を見つけ出してきやがった）

最初は愛理紗を抱くためだけに首を突っ込んできた鮫島だったが、今は本気で、佑介の事業を引き継ぐつもりになり始めている。なにより、この源次という男を、鮫島は欲しいと思った。

（全く、あいつは金の成る木だぜ）

仕事を終えて、濡れタオルで引き締まった体を拭いている源次の様子を眺めながら、鮫島の唇が微《かす》かにほくそ笑んだ。

その夜、愛理紗は涙を流した。あまりに変わり果てた自分の運命、大嫌いな源次に陵辱され、感じてしまった自分への悔しさ、様々な思いが胸を過《よ》ぎり、泣かずにはいられなかったのだ。

仕込みの終わった今も、愛理紗は素っ裸でいる。仕込みが終わるまで、女は衣服を纏うことを許されないのだ。このルールを決めたのは佑介だったが、まさか佑介も、自分の決めたルールで自分の女房が裸体を晒すことになるとは思っていなかっただろう。

閉じこめられた部屋の中も、恐ろしく殺風景だった。囲いもない剝き出しの和式便器と、シーツも枕もない、安物のマットレスが据えてあるだけの小さなベッドが、この部屋にあるものの全てだった。源次の仕込みが終わって、鮫島のオーケーが出るまで、愛理紗はこの監獄のような部屋の中で、裸のまま寝起きしていくことになる。

畜生、なんでこんなことに、と呟いて、愛理紗の目からまた涙が溢れ出した。

ドアの覗き窓のところから、声がする。愛理紗は思わず、身を縮めた。精一杯身を縮め、片手で乳房を、片手で陰部を隠すようにする。

「あねさん、俺だ、京一だ、聞こえますかい？」

「え、京一？」

京一というのは、愛理紗が拉致された時、愛理紗と一緒に買い物に出ていた若い衆だった。たまたま愛理紗と行動を共にしていて事情を聞いていなかったということなのだろうが、あの時、彼だけが愛理紗に乱暴を働かなかった。今の愛理紗にとって、組の若い者で信用できるのは、いまやこの京一だけになってしまった。

「き、京一、中を覗くんじゃないよ。覗いたら、承知しないからね」

「分かってまさ。あねさん、落ち着いて聞いてくだせえ。親分からの伝言を、お持ちしました」

「え、うちの人の？」

「俺は戻ってくるから、必ずお前を迎えにくるから、それまで待っていてくれ。そう、伝えてほしいということです」

「ふ、ふざけるんじゃないよ！　他の女と駆け落ちして、残されたあたしが一体、どんな目に遭ってると思ってるんだ。それを、どの面《つら》さげて迎えに来るなどと……」

「とにかく、あっしは、親分に言われた通りに言ったまでで。それじゃ、確かにお伝えしましたよ」

「あ、ちょっと待ちな。こら、京一、あの人は、今どこにいるんだい」

　愛理紗が慌てて質問するのも聞かず、さっさと京一は行ってしまった。愛理紗は、呆然としてさっき聞いた言葉を心に繰り返している。

　信用していいのか、どうか？　一度は自分を捨てた佑介が、もう一度戻ってくるなどということがあるのかどうか？　あるとしたら、今佑介は一体何を考えているというのか？　愛理紗には、分からないことだらけだった。

　分からないなりに、愛理紗は佑介を信じた。今の境遇にあって、それは唯一の希望の光だったからだ。

（あんた、待っているからね。必ず、あたしを助け出しておくれ）

心の中で、愛理紗はそう呟いた。


源次の仕込み部屋も、愛理紗の独房も、佑介の秘密クラブの地下にある。京一はその地下から階段を駆け上がると、一階の事務所に飛び込んだ。そこで待っていたのは、他ならぬ源次だった。ノーネクタイにブレザーを羽織《はお》った姿は、街で見かければ休日を楽しむ中年労働者という風情に見える。

「源次兄ぃ、言われた通り、伝えてきましたぜ」

「どうだった。あねさんは、お前の言うことを信じたか？」

「へえ、大丈夫です」

「そうか。ご苦労だったな」

「それにしても兄ぃ、どうしてこんな作り話を？」

「なあに、ちょっとしたまじないさ」

「はあ」

源次は、財布から一万円札を二枚取り出すと、それを京一に持たせた。

「手間を掛けたな。これで、うまいものでも食ってきな」

「あ、いつも申し訳ありやせん。じゃ、失礼します」

京一は、もらった駄賃をポケットにねじ込むと、さっさと出て行ってしまった。源次は煙草を一本くゆらせて、ゆっくりと肩の力を抜いた。

「そうか。あねさんは、信じたか」

源次が京一につかせた嘘は、愛理紗の自殺を封じるためのものだった。

これまで源次は、自分の仕込みの途中で女を死なせたことがない。これまでの幸せな生活から転落し、売春婦として生きていかなければならない女たちは、みんな死を考えるものだが、源次はそんな女たちを一人も死なせていない。仕込みの第一日目に強烈な快感を体験させ、死への願望を消し飛ばしてしまうのだ。

だが、愛理紗についてだけは、源次も自信がなかった。強情な愛理紗は、ついに最後まで源次に心を許さなかった。体は痺《しび》れさせたが、心が痺れていない。源次には、愛理紗を死なせない自信が、今回、持てずにいた。

だから、こんな嘘を京一につかせたのだった。そしてどうやら、愛理紗はその嘘を信じたらしい。気丈な愛理紗は、その希望にすがって生き抜こうとするだろう。

源次は時間をかけて煙草を吸い終わると、ゆっくり立ち上がった。明日もまた、朝一番から愛理紗の仕込みに取りかからなければならない。源次は帰り支度を済ますと、店に鍵を掛けてそのまま立ち去った。

　残されたのは、地下室に監禁されている愛理紗一人だった。


　その夜、眠れないまま布団に潜り込んで、愛理紗は悶々《もんもん》としていた。

（つ、つらい）

　源次に嬲られ、散々に感じさせられた股間の感触が、深夜になっても去らないのだ。膣の中は今も熱を持って、熱く火照ったままでいる。そして時々思い出したようにずきんと疼き、その度に腰の辺りがぴくんと動く。愛理紗は、思わず息を呑む。

　考えなければならないことは幾らでもある。佑介の真意、これからの自分の運命、だが、じわじわと愛理紗を悩ませる股間の感覚が、愛理紗の思考を乱す。まとめようとしても、どうしても考えがまとまらない。

「ああ」

　外に声が洩れないように、小さく喘《あえ》ぐ。少しでも淫らな感覚を紛らわせようと、自分の両肩を強く抱き締める。

　それでも、腰の辺りの熱い感覚はいつまでも去らない。

いっそ、自分で自分を慰めてしまえば済むことなのだが、それはしたくなかった。もしそうしてしまえば、本当に源次に屈服してしまったことになりそうな気がした。

「佑介、佑介」

愛理紗は、自分を捨てた男の名を呼ぶ。そうやって、体の疼きが連想させる昼間の源次の愛撫の記憶を、必死で掻き消そうとしている。

寝てしまおう、と枕に顔を押し付ける。だが、次の瞬間、また強い感覚が股間を直撃して愛理紗は息を呑む。

「お願い、もう眠らせて」

誰とも知らず、哀願する。それでも腰の疼きは消えない。

寝返りを打って、大きく深呼吸をする。心を静めることで体の感覚を鎮めようとするのだが、やはり疼きは消えない。

とうとう、愛理紗は負けた。ゆっくりと、両脚を広げると、右手をお臍《へそ》の辺りから下に這わせていく。

「来て、佑介」

愛理紗は、夫との甘いセックスを思い出そうとする。佑介の荒々しいセックス。愛理紗を抱き締める時は、本当に息もできないくらい強く抱き締めてくれた。そして乱暴に乳房を揉みしだき、愛理紗の両脚を恥ずかしいくらいに開かせ、そして、一番敏感な肉芽を……。

「触って、佑介。そこ、そこを」

一番敏感な肉芽を撫でる。

「ああ！」

指が触れたとたん、強烈な快感が愛理紗の背骨を走った。自分で自分を焦らしてしまった分、愛理紗のそこは敏感になっていた。何かがぱんと弾けて、頭の中が真っ白になる。

「ああ、ああ、はああ！　ゆ、佑介、そこ、いい」

左手が、乳房に伸びる。右の乳首、左の乳首と交互に刺激しながら、愛理紗は中指を膣に挿入する。人差し指で器用にクリトリスを揉りながら、中指を激しく振動させる。

「ああ、いい！　いく！　佑介、もう、いく！」

中指のピストン運動が一段と激しくなる。まるで、自分で自分を苛《いじ》めているように、愛理紗は自らの膣の中を乱暴に擦り上げる。

「ああ！　いく！　いく！　い、いく！　ああああ！」

愛理紗の背中が大きく反り返る。脚全体に力が入って、宙を舞いながら痙攣する。頭ががくがくと揺れて、ベッドを軋《きし》ませる。

「ああ！　あああああああぁ！」

やがて、愛理紗の全身の力が抜ける。荒い息を吐き続けながら、愛理紗は全身をぐったりとベッドに沈める。

そしてようやく愛理紗は、眠りに落ちた。

三

翌朝、愛理紗は源次に起こされた。

「あねさん、起きなせえ。今日の仕込みの前に、風呂を浴びてもらいやす」

「風呂？」

愛理紗もそこまでは知らなかったが、源次に仕込まれる女たちはみな、仕込みの後に風呂を使うのだという。初日の仕込みの日だけは当日ではなく、翌日の朝に湯に浸《つ》からせるというのが、源次の流儀らしかった。

「なんだい、それは？」

源次の手に、奇妙なものが握られている。時代劇の岡っ引きの腰にぶら下がっている縄束のようだが、両端からはみ出している縄の長さが目立って長い。柄のようになっている部分の真ん中から、縄の両端が垂れ下がっている。

「これですかい？　これは、縄手錠というものでさ」

「縄手錠？」

「両端の輪になっているところを手首に引っかけて、で、真ん中の縄の端を引いて締めますとね、両手を手錠みたいにして拘束できるんでさ」

愛理紗の体がぶるぶるっと震えた。こんな道具でまた身動きできなくされて思うさま嬲りものにされるのだと思うと、余りのおぞましさに叫び声を上げたくなる。

そっと周りを見回す。部屋の中には源次と自分の二人きりだった。出入り口のドアには鍵も掛かっていないようだし、愛理紗の体は全くの自由だ。

(源次を殴り倒して、逃げる)

源次を気絶させて、服を剝いで、それを着て外に逃げよう。愛理紗は、そう決めた。

おそらく、外に出れば誰か見張りが立っているだろう。だが、ここは元々、愛理紗と佑介の店の中である。細い通路の隅々まで知り抜いている。見張りの目を盗みながら、こっそり抜け出すことができるかもしれない。

「さあ、あねさん。両手を揃えて、前に突き出してもらいやしょう」

愛理紗は、源次の言いなりに両手を差し出した。その実、目は抜け目なく源次の油断を探っている。

源次は、縄手錠の両端の輪を少し広げて、差し出された愛理紗の両手首に掛けようとする。

源次の目は、愛理紗の手だけを見ている。

「はあぁ！」

突然愛理紗は両手を引いて、源次の首筋に手刀を飛ばした。それが首筋に決まる直前、源次の腕が愛理紗の手刀を弾き返した。

「あっ、ち、畜生！」

「あねさん。おかしな真似は止めなせえ」

「黙れ！」

今度は、拳固《げんこ》で殴りかかる。それを源次は、僅《わず》かな間合いで外す。愛理紗は次々に攻撃を仕掛けていくが、ことごとく源次に見切られてしまう。

「げ、源次！　手前ぇ、空手か何かやってたのか」

「とんでもねえ。あっしのは自己流の喧嘩殺法という奴で」

「つまり、それだけ場数を踏んできたというわけだ。ただのスケベ親父じゃなかったということだな」

「あねさん、おとなしくあっしの言うことを聞いてもらえませんかね。あねさんは売り物だから、傷を付けるわけにはいかないんで」

「やかましいや！」

愛理紗が蹴りを入れようとする。源次がかわす。愛理紗の体が回転して、源次の顎に肘打《ひじ》ちが飛ぶ。源次はこれも、間一髪の間合いで外してしまう。

「あっ」

肘打ちをかわした源次の右手が、愛理紗の乳房をむんずと摑んだ。手の平全体で乳房をわさわさと揺らしながら、人差し指だけが乳首の先をかりかりと掻く。突然のいやらしい攻撃にうろたえた愛理紗は、慌てて源次から飛び離れる。

「どうしても逆らうというのなら仕方がない。あっしもそろそろ、反撃させてもらいやすぜ」

「や、やっぱりてめえは、ただのスケベ親父だ！」

愛理紗は源次の鳩尾《みぞおち》に正拳突きを決めようとする。それを片手で外に流しながら、源次がぐっと間合いを詰める。今度は愛理紗の両方の乳首を、親指と人差し指で思い切り摘む。摘んだまま、ぐりぐりと捏ねてみせると、余りの痛さに愛理紗が身悶える。

「こ、この野郎！」

源次の両手を払いのけると、愛理紗は源次の腹に向かって蹴りを入れた。

だが、動揺している愛理紗はしっかりした体勢を整えることができない。腰もふらついているし、蹴り脚の勢いもない。源次は片腕で掬《すく》うようにして蹴り脚を受けると、大股開きになっている愛理紗の股間をもう一方の手で撫で上げた。ああっと悲鳴を上げた愛理紗は、そのままバランスを崩して床に倒れ込む。

「ち、近づくな！」

愛理紗の攻撃に備えるためにいったんポケットにしまっておいた縄手錠を源次が再び取り出してきたのを見て、愛理紗は慌てて跳ね起き、また、身構えた。

だが、その構えは既に武術家の構えではない。腰はすっかり引けてしまっているし、前に突き出した両手は、単に突き出しているだけだった。

その突き出されている両手に、源次が縄手錠を掛けようとする。

その瞬間、愛理紗の最後の負けん気が爆発した。ぐっと腰を入れ直し、源次の頭めがけて、愛理紗は踵《かかと》落としを仕掛けてきた。

愛理紗の足が源次の頭の上に構えられ、次の瞬間振り下ろされようとする一瞬、愛理紗の足が止まる。その瞬間を捉《とら》えて、源次は愛理紗の足を摑み、横に払いのける。愛理紗の足は源次の頭の上を通り過ぎて、バランスを崩しながら辛うじて床の上に踏ん張る。気がつくと、愛理紗は源次に背中を向けていた。相手に後ろを取られたことに慌てた愛理紗は、上半身だけを捻って源次を見た。

源次の顔に殺気が浮かんでいる。今の源次は、これまで愛理紗に一度も見せたことのない、喧嘩屋の顔になっていた。

「ぎ、ぎゃあ！」

そして源次は、無防備になっていた愛理紗の股間を思い切り蹴り上げた。

愛理紗の両脚が一瞬浮き上がる。全体重を源次の足の甲に支えられた形で、愛理紗の体が宙に舞った。それほど容赦のない蹴り方で、源次の足は愛理紗の局所を直撃した。

「ぐ、うぐう」

愛理紗が、蹌踉《よろ》めく。股間を蹴られた男の痛みは女には分からないというが、女だって股間を蹴られれば痛い。なにしろ、繊細な神経がそこに集まっている。そんな場所を直撃されたのだから、痛みも尋常ではない。愛理紗は息が詰まったようになって、口を利くこともできない。

「あねさん、申し訳ない。おとなしくしてもらうために、ちょっと手荒なことをさせてもらいました。堪忍してくだせえ」

そう言いながら源次は、愛理紗の両手に縄手錠を掛けると、真ん中の紐を引いた。両側の輪が縮まって、愛理紗の両手が縄で繋がれた。

「う、く、源次、手前ぇ」

じぃんと響く痛みが、股間から背骨を通って脳天を突き抜ける。どうやら、尾骶骨《びていこつ》を酷く強く打ち付けたらしい。足元がふらついて、じっと立っていられない愛理紗は、不本意ながらも縄手錠を握っている源次の手に縋って体重を支えた。

「あ！　ああ！」

一瞬の後、愛理紗は狼狽えた悲鳴を上げた。股間の痛みが、じいんと快感に変わり始めたのだ。さっきの蹴りで痛みを感じた辺り一帯に、じわっと痺れるような甘い感覚が広がっていく。膣の周辺の筋肉がひくひくと痙攣し、抑えようとしても腰ががくがくと動く。

「げ、源次、こんなことをしてただで済むと思うなよ」

愛理紗が源次に悪態をつく。なにかしゃべることで気を紛らわせようとしているのだ。

だが、股間の快感はそんな生やさしいものではなかった。一瞬でも気を抜けば、喉の奥から甘えた声を上げてしまいそうになる。しかもその感覚は、今もなお強くなり続けているのだ。膝の力の萎《な》えてきた愛理紗は、とうとう耐えきれず、その場にしゃがみ込んでしまった。

「あっ」

床に跪《ひざまず》いている愛理紗を、源次は前のめりに倒した。縄手錠で括《くく》られている両手で体を支えようとしたが、その手の力も萎えていた。ぐにゃっと倒れ込んだ愛理紗は、頭から床に突っ伏した。

「あっ、ああっ」

愛理紗は身悶えた。今なお、悩ましい感覚で痺れたままの下半身だけが、突き上げるように持ち上げられ、源次の目の前に晒されている。きっと源次は、そこを責めるに違いない。だが、源次は愛理紗の悩ましい場所には見向きもせず、愛理紗の両足首を持ち上げた。体はさらに前のめりになり、局所はさらにあられもなく突き出される。思わず愛理紗は、目を閉じた。

源次は縄手錠をもう一つ取り出すと、それを愛理紗の両足首に掛けて固定した。愛理紗は両手両脚を固定されてしまった。

(もう、駄目だ)

足枷《あしかせ》を嚙まされた状態では、走れない。よしんば、源次の目を盗んで逃げ出したとしても、これではすぐに捕まってしまう。

源次も、すばやく裸になる。褌も脱いでしまった源次の股間の一物が、愛理紗の頭の上で揺れる。

「ああっ」

源次は、愛理紗の上半身を起こさせる。愛理紗の口から絶望の声が洩れ、さもつらそうにいやいやをしてみせる。目の前の源次の一物を、銜えさせられるのだと思ったのだ。

源次は、それも要求しない。愛理紗を立ち上がらせると後ろに回り、手枷を嚙まされた両腕をバンザイの形で持ち上げさせる。

そして、愛理紗の両腕を繋いでいる縄手錠を、自分の首に引っ掛け、立ち上がった。

「あ、い、いや、は、恥ずかしい」

愛理紗は、源次の首にしがみついているような格好で、吊り上げられる。辛うじて足は床に着いているが、腕は万歳の格好のまま、下に降ろせなくなった。

愛理紗が、いやいやをする。愛理紗の急所である乳房が、無防備なまま放り出されている。しかも、愛理紗の後ろに立っている源次の両手は全くの自由なのだ。

「くっ、ううっ、や、やめて！」

果たして源次は、愛理紗の乳房をわさわさと揉んできた。甘やかな刺激が股間に響き、愛理紗は悩ましげに体をくねらせる。

「あねさん、乳首が硬くなってやすよ」

「ううっ、いや」

「ほら、こんなに」

「あっ」

腕を下に降ろしたい。下に降ろして、苛められている乳房を庇いたい。だが、しっかりと拘束されている愛理紗の両腕は、どうしようもなかった。

「えっ？　い、いや！　駄目、源次、やめて！」

源次が、愛理紗の両脚の間に自分の脚を割り入れてきた。もしこのまま、源次の両脚が割り入れられたなら、愛理紗はどんなあられもない姿になってしまうのだろう。そう考えると、愛理紗は狼狽えずには居られなかった。

愛理紗は必死で太股を擦り合わせる。それ以上、源次の脚に狼藉《ろうぜき》させまいと、必死で脚を閉じている。

そんな愛理紗の乳房を、源次は揉み続ける。時々、乳首の先を転がしたり、きつく抓《つね》ったりされると、その度に愛理紗の体の芯のところがじゅんと熱くなり、脚の力を抜いてしまいそうになる。そんな自分の気弱さを叱咤《しった》しながら、愛理紗は必死で脚に力を入れ続けている。

「あっ、いやっ」

源次は、片手で愛理紗の顎を挟み、無理やり上を向かせた。源次の唇が愛理紗の唇を塞ぐ。慎重な源次は、相変わらず舌を入れてこない。愛理紗に舌を噛み切られることを恐れているのである。

その代わりに、源次は愛理紗の唇を舐めた。特に、唇と肌の境目の、敏感な場所をなぞるように、何度も舐めた。

愛理紗の舌が落ち着かない。唇から伝わってくる悩ましい刺激で、舌先の辺りがむずむずする。

無意識に愛理紗は、唇を舐める。そうしていると、舌先の満たされない感覚が少し紛れるような気がする。ちろちろと、愛理紗の舌先が唇の割れ目から頭を覗かせる。

源次は、その瞬間を見逃さない。自分の舌先で、愛理紗の唇の割れ目を横に舐める。唇の割れ目から頭を覗かせている舌先も、一緒に舐め上げられる。愛理紗の喉の奥で、うっと呻き声が上がる。

そんなことを繰り返しながら、源次は時々脚をぐいっと割り込ませてくる。片脚をしっかり愛理紗の脚の間にくぐらせると、もう一方の脚も突っ込ませてきた。その度に、愛理紗の両脚は大股開きに開かれていった。

最後に、源次は愛理紗の腰をぐっと引く。愛理紗の骨盤が源次の骨盤としっかりと密着する。愛理紗の両脚は、源次の両脚を外側から挟み込むように、蟹股開きで固定されてしまった。双つの乳房に続いて愛理紗の陰部も、無防備に外気に晒された。

一番敏感な場所に近い、太腿の付け根の辺りを源次の両手が掴む。愛理紗の陰部が、きゅっと締まる。

源次はその場所で愛理紗の体重を支えると、少しだけ持ち上げた。そしてゆっくりと、ドアのある方向に歩き始めた。

「な、なにを、一体なにをするつもりなの？」

「さっきから言ってるでしょう。風呂に浸かりにいくんだってね」

「だ、だって、あ！　ああ！」

源次は自分の体の前面に愛理紗を磔にしたまま、ドアを開けて外の廊下に出てしまった。

「い、いやぁぁぁ！」

愛理紗は、半狂乱の態《てい》で叫び、暴れ回る。狂ったように頭を振りたくる愛理紗の目から、涙が溢れてくる。

仕込み部屋にしても、愛理紗の拘束部屋にしても、特別な人間しか出入りしない特別の場所だった。だが、一旦廊下に出てしまえば、組員たちが普通に行き来している。酒屋などの、出入りの業者の人間が入ってくることもある。誰に見つかっても不思議がないのだ。そんな場所に、全裸で、しかも、乳房も局所も曝《さら》け出した破廉恥《はれんち》な姿のままで連れ出されたのだと思うと、本当に気が狂ってしまうのではないかと思うくらい、恥ずかしい。日頃気丈な愛理紗も、今はただ身悶えして泣きじゃくるしかなかった。

「あ、ああ！　い、いやあぁぁ！」

愛理紗の混乱が頂点に達したのは、廊下を曲がったところに人が二人立っているのを見た時だった。屈強な源次の体が振り回されそうになるほど、愛理紗は全身の力を振り絞って暴れ回った。

「あら、あねさん、こんなところで会うなんて奇遇ねえ」

立っていた一人は若頭だったが、もう一人は女だった。けばけばしい化粧に着物姿、指に大きめの石の塡《はま》った指輪をしているのが、いかにも堅気ではない雰囲気を醸していた。

「み、美緒、お願い。見ないで。見ちゃ、いや」

呼ばれた美緒がほほほと笑う。

「見ないでって言われても見えちゃうわよ。あねさんったら、そんなはしたない格好をしてるんだもの」

「あ、ああ！　いや、いやぁぁ！」

身も世もなく乱れている愛理紗の様子を見ながら、源次がいかにも不快げに口を開いた。

「若頭、どういうことです。入浴の時間は出入り禁止と申し上げたでしょう」

「いや、それは聞いてたんだがね」

鮫島が照れくさそうに苦笑いをした。

「こいつがさ、どうしても愛理紗と挨拶がしたいというものだから」

「だって、せっかくのあねさんの晴れ姿なんですもの。是非とも私が、見届けてあげないとね」

「とにかく、二人とも、今すぐここから出て行ってもらいましょう」

「やだねえ、源次さん、本当に堅いんだから。ちょっとくらい、いいじゃないのさ。ねえ、あんた」

美緒は、鮫島をあんたと呼ぶ。鮫島と自分の間に特別な関係があることをほのめかして、源次を黙らせようとしているのだ。

「美緒、仕込みの最初の頃、女がどんな心持ちでいるのか、お前だって知らないわけじゃあるまい」

「知ってるよ。知ってるから、あたしは今、この女をいたぶってやりたいんだ」

さっきまでの余裕の表情から一転して、美緒は険しい表情を浮かべた。

「あねさん、あたしが源次の仕込みを受けた時、あんたは随分とあたしを嘲《あざけ》っておくれでしたよね」

愛理紗には覚えがあった。源次の仕込みを受けた女たちの中でも、美緒は特に愛撫に弱かった。ちょっとした刺激で泣き叫び、悶え狂い、いく時の声も誰よりも大きかった。そんな美緒の様がおかしくて、愛理紗はいつも大笑いしていた。

美緒はその時のことを、根に持っていたらしい。それで、愛理紗が犠牲になると決まった今、思い切り辱めてその時の復讐をしてやろうという魂胆らしかった。

「とにかく、あっしの仕込みの邪魔をなさるのなら、あっしはこの仕事から降ろさせてもらいやす」

「い、いや、待て、源次。俺達は、別にお前の邪魔をしようというわけじゃ」

「だったら今すぐ、出て行ってもらいやす」

「分かった。ほら、行くぞ、美緒」

鮫島に促され、美緒は悔しそうな顔つきになる。

「随分お優しいんだね、源次。あんた、もしかすると、あねさんに惚《ほ》れてたのかい？」

「お前の仕込みの時だって、こんなふうにお前を人目に晒したことは一度もねえ」

美緒がふんと、鼻で笑ってみせる。それからもう一度、愛理紗の方に顔を向けると、

「あねさん、あたしね、これから、あねさんに代わって店を仕切ることになりましたのさ」

えっと驚きの声を上げ、愛理紗の顔から羞恥の表情が消える。

「……お前が？」

「親分が消えても、店はやっていかないとね。当分の間は、若頭が親分の代わり、あたしがあねさんの代わりを務めるってことになってね」

「ど、どういうことだよ。なんで、なんでお前が……」

確かに、美緒は鮫島のお気に入りだった。だが、佑介と愛理紗が若頭にあてがった女は美緒だけではないし、鮫島のお気に入りも一人ではなかったはずだ。一体、美緒はどんな手管

を使ってこの男を籠絡《ろうらく》したというのだろうか。

戸惑う愛理紗を尻目に、美緒と鮫島は廊下の向こうに消えていく。去り際、最後に美緒は、愛理紗に最後の一言を投げた。

「あねさん、これから、あたしもあねさんの仕込みに立ち会わせてもらいますからね。早く、上がってきてくださいよ」

そして二人は、例の仕込み部屋の方向に消えていった。


風呂場に着いた時、愛理紗はすっかりおとなしくなっていた。あられもない姿を美緒に見られたショックと自分の場所を美緒に横取りされたショックが重なり、すっかり意気消沈してしまっていたのだ。

絶望感が、ひしひしと愛理紗の胸に迫る。たとえここから抜け出せたとしても、もう島村組の組長夫人ではいられない。佑介が経営していた、様々な事業も、今は若頭と美緒のものになってしまった。もう今の愛理紗には、源次の仕込みを受け入れて、娼婦として生きていくしか道がないのだろうか。

仕込み部屋にはいつも出入りしていた愛理紗だったが、風呂場は初めて見る。大きめの浴槽と、洗い場には空気椅子が置かれている。そこに座って、愛理紗を洗うということらしい。

空気椅子の横を擦り抜けて、源次は浴槽の中に入っていった。

「さあ、あねさん、浸かりますぜ」

源次がゆっくりと、腰をかがめていく。

「あ、いや、こ、怖い」

思わず愛理紗が声を上げる。両手両脚の自由を奪われて、湯の中に浸かられることの恐怖感が、思わず声になってしまったのだ。

もしその気になれば、源次は愛理紗を溺死《できし》させることだってできる。改めて愛理紗は、自分の生殺与奪の権を、すっかり源次に握られてしまっていることを痛感した。

「心配いりやせん。あっしは、年中こうして、女に湯を浴びさせているんでさ」

愛理紗を溺《おぼ》れさせることはないから安心しろと言っているのだ。

源次の両腕が後ろから愛理紗の体をゆっくりと抱き締める。ぐったりとしていた愛理紗の体が緊張する。

源次の手が、愛理紗の体を撫で回す。愛理紗の体の汗を流してやっているつもりだろうが、肌に触れる触れ方がなんとも言えずいやらしい。愛理紗の体が、もどかしそうにくねくねと動く。

「げ、源次。私は、お前には大恩ある親分の女房なんだ、分かってるかい？」

「ああ。分かっているつもりです」

「だったら、その恩に報いておくれ。私をここから、逃がしておくれ」

「それは出来ねえ」

愛理紗の頼みを、源次はにべもなく断った。

「げ、源次、お前、私たちの恩を仇《あだ》で返すつもりかい！」

「あねさんが、常日頃から言っていた通りでさ。あっしは、スケベしか取り得のない、いやらしい中年親父でね」

「い、いや、源次、それは」

「誤解なさらないで下せえ。あっしは別に、恨み言を言うつもりじゃないんで。ただ、あっしは自分の仕事をきちんとやり遂げたいだけなんで」

「相手が、大恩ある組長の女房でもかい」

「相手が自分のお袋だろうが、銀星会の会長のお嬢さんだろうが、あっしは自分の仕事を曲げねえ」

「この、石頭！」

「ついでにいうなら、あねさん」

源次の指が、愛理紗のクリトリスをこちょこちょと擽る。うっと呻いて、愛理紗の体がぶるぶるっと震える。

「俺は前から、あんたを仕込んでみたかった。もし組長の女じゃなかったら、とうの昔にこうなっていたに違えねえ」

源次の口調が、また横柄なものに変わった。愛理紗の喉の奥から、はあという微かな溜め息が洩れる。

そして源次は、愛理紗の耳元に息を吹き掛けるように、小声で囁いた。

「あねさん、あんたを、これまでの誰よりもすごい娼婦に仕込んでやる」

「い、いや」

たった一日で、愛理紗の中に被虐的な淫火が点《とも》ってしまったらしい。源次に乱暴な口調で話しかけられると、愛理紗の全身から力が抜ける。

と、突然、源次が愛理紗の体を抱えて立ち上がった。

「さあ、それじゃあねさん、お体を流して差し上げましょう」

空気椅子のところに移動すると、源次はその上に長々と寝そべった。不自然な姿勢のまま、愛理紗の体も後ろに反る。

その姿勢で、源次は器用に愛理紗の髪を洗い始める。愛理紗の顔の方に湯が流れないように、目に石鹸が入らないように、源次は細心の注意を払いながら愛理紗の頭髪を洗髪した。

髪を洗い終わると、今度は体である。

「うっ！」

愛理紗の体がぴくんと揺れる。

源次はタオルを使わず、直接自分の手に石鹸を溶かして、その手で愛理紗の体を撫で始めた。体を洗うと言っても、それは限りなく愛撫に近かった。いや、石鹸のぬるぬるした感触からくる刺激は、普通の愛撫以上だった。

「う、あはあ」

源次は、万歳の形で固定されてしまった愛理紗の両腕から洗い始めた。丹念に何度も愛理紗の腕の上を往復する源次の指は、時々愛理紗の腋の下の窪みの辺りをすっ、すっと撫で上げていく。その度に、愛理紗の体がぴくん、ぴくんと揺れる。

「うんっ！　くうっ！」

次に源次は、愛理紗の脇腹の辺りを擦り始めた。時々みせる、揉むような、捏ねるような仕草は、源次が意識的に愛理紗に性的刺激を与えている何よりの証拠だった。源次に挑発される度に、愛理紗のお腹がびくっびくっと動く。

続いて、愛理紗の背中を洗う。愛理紗の体と自分の体の間に手を差し込むようにしながら、丹念に洗っていく。さすがに慣れた手付きで、丹念に愛理紗の背中の隅々まで指を這わせていく。

「は、はあ、はあ」

愛理紗の息遣いはどんどん荒くなっていく。思いもよらないスポットが強烈な性感帯であることを思い知らされて、体中がぴくぴく動く。

突然、源次の両手が、源次の太腿の下で括られている足の裏に飛んだ。

「あ、あぁぁ！」

足の裏全体を擽るように撫でながら、源次の指は時々、指と指の股を潜《くぐ》って、そこに隠れた繊細な皮膚の辺りを擽ってくる。

もちろん、足の裏もむずむずして、たまらない。だが、耐えられないのは指の股の感覚だ。なぞられる度にクリトリスがジインとしびれた感じになる。股間がカッと熱くなる。

両脚を擦り合わせられれば、このじれったい感覚にも少しは耐えられるのだろうが、大股開きで固定されている今の姿勢ではそれもままならない。お尻の穴をきゅっきゅっと締めてみることくらいしか、今の愛理紗には許されていなかった。

「ど、どうして……」

どうしてこんなにどこもかしこも感じてしまうのだろうと、愛理紗は思う。自分の体は、こんなにも、淫靡な刺激に脆《もろ》かったのだろうかと。実際、今の愛理紗は、体のどこを触られても狂おしいほどに感じさせられてしまう。

足の裏と指の股への刺激は、延々と続けられた。ようやくそこを離れた源次は、今度は足の甲や足首の辺りを洗い始める。その感触もまた、悩ましくて堪らない。

源次の指が、さらに上の方に上がっていく。ふくらはぎを軽く揉むようにして上下しながら、時々膝の裏の柔らかい皮膚を親指で操る。

「く、くうぅ」

愛理紗の背中が太鼓に反る。源次の両手が、愛理紗の膝の皿を、さわさわと操り始めたのだ。女学生らがふざけてする、淫靡な操り技だ。

だが、成人して改めて体験してみると、それはあまりにいやらしい遊びだった。膝の操ったさが、肉芽に、局部に、直接びんびん響いてくる。両脚を全く閉じることの出来ない姿勢のままで、その刺激はあまりに辛すぎた。愛理紗の眉間に深い縦皺が寄る。足首から先が伸びたり、反ったり、落ち着かない動きを始める。

「ああ、いやぁ」

源次の手が、太腿まで迫り上がってくる。一番敏感な場所に隣接した、内腿の過敏な肌をさわさわと撫で上げる。時には、太腿の筋肉をぐっと摑んでみたりもする。愛理紗はその動きの変化に敏感に反応して、切なそうに体をくねらせたり、切羽詰まった感じで全身を硬直させて呻いたりしている。

だが、敏感な場所の近くを掠めながら、決してそこには攻め込もうとしない。源次お得意の、いやらしい焦らし戦法だった。その見え透いた手口に乗せられて、愛理紗の腰は無意識に源次の手の方角に動いていく。

「はっ、ああっ」

源次の手は突然、愛理紗が一番触ってほしい場所を飛び越えて、お腹に行く。期待を裏切られた悔しさに、愛理紗は思わず叫び声を上げてしまう。

その愛理紗の耳に、源次が囁く。

「あねさん、綺麗な肌だね」

「み、見え透いたことを」

「本当でさ、あねさん。いままで、何人もの女の体を洗ってきたが、こんな綺麗な肌にはめったにお目に掛かれるもんじゃない」

「嘘だ。嘘つき」

「本当に綺麗だ。あねさん、このままずっと、いつまでもあねさんの肌を擦っていたい」

「そ、そんなことをされたら」

おかしくなる、と言い掛けてやめた。それは、事実上の屈服宣言ではないか。

源次の手は、延々と愛理紗のお腹を擦り続けている。お乳の裾野、陰毛の周り、両脚の付け根などのきわどい所を掠めながら、それ以上には踏み込んでこない憎らしさ。時々、お臍の周りや脇腹などの擽ったくて堪らない所をさわさわと擽られるのも、今の愛理紗には堪らなく辛い。

「ああっ！　はあああぁ！」

突然、源次は攻め込んできた。例によって、お腹からお乳の裾野に迫り上がってきた手を、そのまま止めずに一気に、下から上へと双つの乳首を擦り上げてきた。その瞬間、愛理紗の全身にいきみが入り、ぶるぶるぶるぶるっと震えが来た。

「ああ、はあ、うん、ああ！　っああ、い、いやぁぁ」

一度攻め込むと、後はもう、ひたすら乳房攻撃が続く。わさわさと揉み込んでみたり、乳首をくりくりと摘んでみたり、手首の振動で乳房全体を揺らしてみたり、ありとあらゆる手を使って源次が責める。愛理紗の呼吸はすっかり荒くなり、喘ぎ声も一際高くなってくる。

「ほら、あねさん。乳首が、こんなに硬くなってるよ」

「あっ！　ああっ」

「ほら、こうやって、親指と人差し指で、ぎゅっと摘んでみると」

「ああっ！　い、痛い！　痛いぃ」

「痛い？　あねさん、そんなに痛いのか？」

愛理紗の頭がかくかくと縦に振れる。

「い、痛い。ああっ！　い、痛い」

「痛いのは、辛いかい、あねさん？」

「あっ、ああ、ああ」

「ほら、こうやって、強く抓られると、辛いかい？」

「ああっ！　あああぁぁっ！」

愛理紗の全身が硬直して、がくがくがくっと震える。どうやら、最初の小さな波が来てしまったらしい。

一転して、源次の指使いが優しくなる。指の腹で、愛理紗の乳首の先を撫でるようにして転がす。愛理紗の顔が呆《ほう》けたようになって、首を前に突き出すような姿勢になる。はっはっはっはっと、小さな小刻みな息が洩れるのは、お腹の筋肉が痙攣しているせいだ。

「あっ！　あああぁ！」

再び源次が、愛理紗の乳首を強く抓る。丸まっていた愛理紗の背中が一転して大きく後ろに反り返る。図らずも源次の顎に頬を擦り寄せるような格好になった愛理紗の唇を、源次の舌が舐める。

優しく、きつく、源次は愛理紗の乳首に対する波状攻撃を繰り返す。責め方が変わる度に愛理紗は強く反応し、源次に翻弄されるばかりであった。

そして、とうとう源次の指が愛理紗の股間に伸びてきた。

「は、はあぁぁ」

思わず、愛理紗は息を呑む。源次の思う壺だと分かっていながら、どうしようもないものが愛理紗の体の奥に灯っていた。

源次の指が、愛理紗の陰部の表面を撫でる。時々、人差し指でクリトリスの辺りをきゅっと引っ掛けたり、今にも中に割って入ってきそうな動作を繰り返しながら、例によって愛理紗を焦らしている。

だが、今回の焦らしはそんなに長くは続かなかった。親指と中指で器用に入り口を開けると、源次の人差し指が愛理紗の中に進入してくる。

「あっ、あっ、あぁぁっ！　う、うんっ！」

源次の指は、正確に愛理紗のGスポットの位置を探り当て、そこを指の腹でこりこりと掻くようにする。体全体にぞわぞわっとした感覚が広がって、愛液がじわじわじわと増してくる。源次の指が動く度に、愛理紗の膣の中でぴちゃぴちゃと音が鳴る。

「いやらしい音だな、あねさん」

「う、うるさい、言われなくても分かってるよ！」

「分かってるなら、この音止めたらどうなんだい」

「ち、畜生！　この、人でなし！」

「その人でなしにいじられて、いやらしい音を立ててるのは、あねさん、あんたじゃないか」

「や、やめろ！　それ以上すると、ただじゃおかないよ！」

「ただじゃおかないって、どうするんだね？」

「あっ！　ああっ！」

「教えてくれ、あねさん。やめないで続けていたら、俺は一体どうなるんだ」

「あっ、ひぃぃぃ！　い、いやぁ！」

「ああ、すごいね、あねさん。いやらしい顔だ。知らなかったよ、あねさん。あんた、いく前には、こんなスケベな顔になるんだな」

「ああああっ！　ああっ！　ああっ！　あっ、だ、駄目ぇぇ！」

「いくって言ってみな、あねさん」

「いや、言えない。駄目」

「いくと言わないのなら、何時間でもこれが続くんだぜ」

「そ、そんな、あっあっあっ！　ああっ！　もう、もう」

「いくって言ってみな、あねさん」

「いや！　言わない！」

「いくって言うんだよ、あねさん」

「やめてっ！　もう駄目、あっ！　あああっ！」

「いくって言うんだよ、あねさん。いくって」

「ああっ！　ああっ！　ああっ！　あああぁっ！」

「言うんだ、あねさん、言うんだ！　さあ！」

愛理紗の体が一段と大きく反り返る。腕にも脚にもぐうんと力が入って、源次の体を締め付ける。さしもの源次も、痛そうに顔を顰《しか》める。

「あああああぁあ！　い、いく、いくぅ！　いくぅう！　ああああああ！」

そして、愛理紗の全身から力が抜けた。源次の体に磔にされた姿勢のまま、愛理紗はいつまでも荒い息を整えられずにいた。

磔の状態のまま、愛理紗が仕込み部屋に連れ戻されてくると、そこには鮫島と美緒が待っていた。鮫島相手に頻《しき》りに媚《こび》を売っている美緒だったが、愛理紗が入ってくると、その惨めな姿を見て笑い出した。

「あら、あねさん、随分な長風呂だったわねえ」

美緒にからかわれても、今の愛理紗には言葉を返す気力もない。さっきまでの強烈な刺激のせいで、全身力の抜けた状態でぐったりと頭を垂れている。

「それにしても、なんてはしたない格好なのかしら。少しは組長夫人としての自覚を持ってもらいたいものだわねえ。ねえ、若頭」

愛理紗が言い返してこないことをいいことに、美緒はねちねちと言葉嬲りを続ける。鮫島は鮫島で、あられもない愛理紗の裸を、にやにや舐めるように眺めている。

源次が愛理紗の縛《いまし》めを解くと、愛理紗はぐったりと体をベッドに横たえた。再び自由を取り戻した愛理紗だったが、もう一度源次に挑みかかろうという気力はもう残っていない。恥ずかしい場所を隠そうともせず、長々と身を横たえているばかりであった。

源次は愛理紗の両腕を背中に回させる。お決まりの高手小手の形で、愛理紗の両手を固定する。愛理紗はそれも、されるがままだった。

「あっ」

続いて源次が愛理紗の両足を胡坐《あぐら》縛りにしようとした時、愛理紗はようやく、抵抗の様子を見せた。腰をくねくねと捻って、足を開かせまいとする。

「やめて、もういや」

構わず源次はぐいと両脚を押し広げ、さっさと愛理紗を縛り上げていく。愛理紗もまた、あっさりと源次に屈服してしまう。そんな愛理紗の様子を見ていた美緒がまた、さもおかしそうに笑い出す。

「おい、笑い過ぎだぞ。いい加減にしないか」

「いいのよ、笑っても」

そして、前屈《まえかが》みの状態で固定されていく愛理紗を、憎々しげに睨み付ける。

「私だって、散々笑い者にされたんだから」

立ち上がると、美緒は愛理紗のところにつかつかと歩み寄り、長い髪をむんずと掴んで、愛理紗の頭を上げさせた。上半身を固定されて身動きならない状態のままで頭だけを持ち上げさせられた愛理紗は、その不自然な姿勢にううっと呻き声を上げた。

「ねえ、あねさん。私が仕込みを受けていた時、あねさんは散々、私のことを笑い者にしてくれたのよねえ。辛くて悲しくて、泣きじゃくっていた私を見ながらねえ」

「う、くくっ」

「さあ、今日はあんたの番だよ。泣いてごらんな。亭主を寝取られ、自分は捨てられ、憐《あわ》れな人身御供《ひとみごくう》として男の性欲の捌《は》け口になるために仕込まれる、憐れな自分の身の上を思ってね！……あっ」

いつの間にか、愛理紗を縛り終えていた源次が美緒の後ろに回り込んで、愛理紗の髪を摑んでいた美緒の腕をぐいと捻り上げた。

「い、痛い、何しやがるんだ！」

「もういいだろう。それくらいにしておけ」

「う、うるさい！　私はただ、昔やられた通りのことをやり返しているだけだ！」

「確かにあねさんは、昔のお前を笑った。だがあねさんは、お前の仕込みの邪魔はしなかった」

「だ、誰が邪魔してるってんだ！」

「もういい、やめろ、美緒」

見かねた鮫島も止めに入る。さしもの美緒も鮫島相手に楯突《たて》くわけにはいかず、しぶしぶ引き下がる。

「さあ、あねさん、それじゃあ続きを……」

再び愛理紗に向かった源次が口籠《くちごも》る。

愛理紗は、泣いていた。声を必死で押し殺しながら、肩を震わせて泣いていた。

美緒に指摘されずとも、自分の身の上の惨めさは痛いほど分かっていた。ただ、絶え間なく続く源次の責めが、愛理紗にそのことと向き合う精神的な余裕を与えなかっただけのことだ。

美緒の悪意溢れる指摘が、愛理紗を我に返らせた。一度自分の不幸な身の上に思いを馳せると、惨めな涙はもう、止めようがなかった。

そんな愛理紗の涙に、源次は一瞬、戸惑った様子を見せた。だが、次の瞬間、源次は愛理紗の体を思いっ切り邪険に前に押し倒した。

「ああっ！」

愛理紗が悲鳴を上げる。頭と両脚を引き付けあった形で固定された状態の愛理紗は、頭からマットの上に倒れ込んだ。喉の奥でぐうっというような声が出る。局部を剝き出しに晒した愛理紗のお尻が、高々と突き上げられた格好になった。

「うっ！　ううっ！」

愛理紗が呻き声を上げる。予《かね》てから用意されていた液状のローションが、愛理紗の股間にたっぷりと塗り込められる。淫靡な入浴の記憶が生々しい愛理紗の股間が、ひくひくと動く。

「一体、何が始まるんだ？」

鮫島が、小声で美緒に訊く。

「あねさんに、腰振りダンスを踊ってもらうのさ」

「腰振りダンス？」

「しぃっ、とにかく、何が起きるのか、黙って見てなよ」

愛理紗の耳にも、二人のひそひそ話が聞こえてくる。

腰振りダンス。美緒がそう呼んだものは、いつも源次が仕込みの二日目にすることに決めていた責めだった。

まだ女のあそこが潤っていないうちから、局部にたっぷりのローションを塗り込んで、強引に挿入を済ませてしまう。先に挿入してしまってから、ゆっくりと前戯を始める。

ただし、挿入したペニスは動かさない。源次の愛撫に昂《たか》ぶり、膣への刺激が欲しくなった女が自分から腰を動かし始めるまで、一物はただ入れただけで、動かさずに置いておくのだ。

体ではなく心を落とすのが、源次の流儀だった。無理矢理いかされるのではなく、自分から腰を使ってしまうことで、女はより深く屈服させられていくというのが、源次の理屈だった。

源次に仕込まれる女たちはみんな、調教の早い時期にこの腰振りダンスを仕込まれる。そして、否応なく、源次の仕込みを受け入れさせられてしまうのだ。

そのことは愛理紗も知っている。仕込み部屋に連れてこられて胡坐縛りに縛られた時から、今日、自分に与えられる責めがどんなものか、愛理紗には分かっていた。だから、突然股間にローションを塗り込められても、特に驚きは感じなかった。

辛いのは、その責めに屈服していくであろう自分を、他ならぬ美緒に見られてしまうことだった。

膣の奥の奥までローションを塗りたくられながら、愛理紗は美緒の方を盗み見る。美緒は鮫島と頻りに何か話し続けながら、時折りちらちらと愛理紗の方に視線を向ける。期待に満ちたその視線には、愛理紗が源次の責めに屈服し、惨めな醜態をさらすことを心待ちにしている様子が露骨に表れていた。

愛理紗の胸に、めらめらと反骨の炎が燃える。

(見てなさい、美緒。あたしは絶対に、あなたの思い通りにはならない)

源次の手の動きが止まる。ローションを塗るために愛理紗の膣の中に入れていた指先が、愛理紗の膣の反応の微妙な変化を感じ取ったのだ。その反応の変化が何を表しているのかまでは分からないが、明らかに愛理紗の中の何かが変わった。源次は不審そうに、そんな愛理紗の様子を眺める。

(見ていなさい、美緒。私は絶対に、負けない)

源次の責めが開始された。愛理紗の脇腹辺りに両手を差し込むと、さっき押し倒したのとは逆の方向に、愛理紗の体を持ち上げる。尻餅を搗《つ》く形で源次の膝の上にどすんと落ちると、再び元気を取り戻している源次の一物がぐさりと愛理紗の体を貫き、愛理紗の子宮の底の辺りを突き上げる。愛理紗はぐうっと喉の奥の方で、苦しそうな呻き声を上げた。さあ、始まるわよと、美緒が楽しそうに若頭に耳打ちする。

いつもと同じように、刺し貫いてきたペニスはそれ以上、全く動かない。代わりに、源次の両手が、愛理紗の双つの乳房をゆっくりと揉みしだき始めた。

愛理紗は動かない。ただ、源次にされるがままになっている。

愛理紗の胸全体をわさわさと揉んでいた源次の手が、時々、牛の乳を搾るように、親指と人差し指を中心にして、乳首に向かってぐいぐいと揉み込んでいく。その度に愛理紗は、はっと息を呑んだり、うっと呻いて顔を背けたりする。

「負けない。私は、絶対に、負けない」

誰に言うともなく、愛理紗が呟く。源次の指が、ほんの一瞬止まる。

何度か愛理紗を焦らした後、源次は双つの乳首をぐっと摘んだ。その瞬間、愛理紗の膣がぐっと締まって、源次のものを締め付ける。

だが、その反応は明らかに、今までのどの場合と比べても薄い。声も、押し殺したような控え目なものしか出さない。源次は、愛理紗の変化に戸惑いを見せた。

明らかに愛理紗は、源次の愛撫に反応することを拒絶している。どのように責められようとも、その愛撫に感じてしまうのはやめようと心に決めているらしかった。そしてその試みは、かなり成功しているように見える。

感じていないわけではない。愛理紗の目は時々、辛そうに閉じられるし、逆に唇は切なそうに開いて、はあっと吐息を漏らす。辛うじて自由を許された足首から先は、落ち着きなく動いているし、上半身は時々、びくっびくっと痙攣する。

それでもどうしても、愛理紗をある限度以上に狂わせることができない。いくら愛撫を重ねても、愛理紗は乱れない。もちろん、腰など一度も振ってはこない。

「なんてこった」

源次が小さく、焦《あせ》りの声を上げる。今まで数え切れないほどの女を仕込んできたが、こんなことは始めての経験だった。

「あねさん、あんたはやっぱり、特別な女だ。あっしは、あねさんの仕込みをさせてもらえていることを、誇りに思いますぜ」

愛理紗は答えない。源次の言葉に答える余裕は、今の愛理紗にない。愛理紗は、全身全霊の力を込めて、源次の愛撫に抵抗しているのだった。

「うっ！」

源次の手が、愛理紗の太腿を撫でる。予期せぬ責めの変化に、愛理紗の体が一瞬震えるが、それ以上のことはなかった。

源次は愛理紗の耳にキスをし、耳の穴に熱い息を吹き掛ける。愛理紗の目が固く閉じられ、今にも声を上げてしまいそうな様子で口が縦に大きく開かれ、頭が大きく後ろに反る。

だが、愛理紗は辛うじて呻き声を呑み込んだ。

源次の唇は首筋に下り、舌を這わせながら、再び上へと上がってくる。その間に、源次の指は愛理紗の太腿の内側の、一番敏感なボタンの表面をゆらゆらと撫でる。

愛理紗の眉間に深い縦皺が寄る。愛理紗の頭が、源次の舌から逃げるように反対の方向に振れる。その動きは、見ようによっては、源次の舌の愛撫を受け入れて首筋を晒しているようにも見える。

だが、それでも愛理紗はまったく、腰を動かそうとはしない。クリトリスを刺激される度にお尻の穴がきゅっきゅっと締まるのだが、膣の中の快感を求めて腰が動き出すことは、決してすまいと心に決めている様子が、ありありと見える。

「あねさん。まったくあんたは、なんて女だ」

その強情を押し通すことに、どれほどの精神力が必要か、源次には痛いほど分かっていた。愛理紗の気の強さに、源次は内心舌を巻いた。

いつしか、愛理紗の全身から玉の汗が噴き出してきている。絶え間ない愛撫に責め立てられた全身は熱く燃え、それを無理に抑え込むことによって、火照りは一層激しいものに変わっていくらしかった。

汗を掻いているのは愛理紗だけではない。源次の体にもいつしか、うっすらと汗が滲み始めている。特に激しい動きをしているわけでもないのに、愛理紗を思う通りにできない源次の焦りが、冷や汗となって全身から噴き出してきている。

「あねさん、感じるんだ」

「うっ！　ううっ！」

「あねさん、腰が熱いだろう。体の奥が、ものすごく熱くなっているだろう」

「ううっ、あ、熱い、熱い」

「腰を動かせば楽になる。あねさん、腰を振るんだ」

愛理紗は、何かに憑かれたように、激しく首を振る。

「う、動かさない。絶対に、動かさない」

「あねさん、どうにかなっちまうぜ。おかしくなっちまうぜ」

「い、いや。いやいや、あっ！　ああっ！」

突き上げてくる快感に、愛理紗の背中がぐっと反る。それでも愛理紗の腰は、踊らなかった。

「もう！　いつまで愚図愚図しているつもりだよ！」

埒《らち》の明かない源次の責めに業《ごう》を煮やした美緒が立ち上がった。ずかずかと愛理紗に近づいていくと、源次の手から解放された双つの乳房を、むんずと鷲摑《わしづか》みにした。

「あっ、く、くうっ」

源次に股間を責められながら、同時に乳房を責められたのには、さすがの愛理紗も狼狽えた。がくがくと体が震え、いやいやをするように頭が左右に揺れた。

「腰を振るんだよ。さあ、さっさと振っちまえ。自分がどんなにいやらしい女か、正体さらせって言ってるんだよ！　さあ！」

「ああっ！　あ、ああっ！　あああああっ！」

美緒の両手が乳房を揺さぶり、源次の両手がクリトリスと内腿を責める。源次の唇は、愛理紗の耳や首筋を行きつ戻りつしている。一度に五箇所を責められて、さすがに愛理紗の我慢も限界に近づいた。洩らす呻き声にも余裕がなくなり、腹筋の辺りの痙攣も止まらなくなる。右に、左に揺れる頭の動きは、突き上げてくる快楽の波を鎮めるには余りに無力だった。

「あああっ！　ああああああっ！」

「さあ！　いけ！　さっさといっちまえ！　腰を動かすんだよ、腰を！　早く、動かすんだったら！」

だが、次に愛理紗がした動きは、全く予想外のものだった。

源次と美緒の二人に責められて、今にも陥落寸前の愛理紗は、大きく一つ、息を吸い込み顔をぐっと前に突き出すと、美緒の顔をまっすぐ睨み付けた。血走った両目を大きく見開き、口を真一文字に食いしばって、頭をぶるぶると震わせながら、美緒の顔を鬼の形相で睨み付けた。

「な、なんだい？　一体、何のつもりなんだ？」

「ぐううっ、ぐるるるううっ」

愛理紗が野犬のような唸り声を上げる。別に美緒を威嚇するつもりではない。込み上げてくる呻き声を無理に抑え付けた結果が、そういう声になってしまったのだ。

「い、いやだよ、気持ちの悪い。私のことを見るんじゃないよ。見るなったら！」

そして、愛理紗の乳首を思い切り抓り上げた。愛理紗の体が反応して、ぶるぶるっと震える。

だが、愛理紗は目を逸《そ》らさない。奥歯をぐぐっと噛み締めたまま、修羅の形相で美緒の顔を睨み付け続けている。激しい快感の嵐を無理に抑え付けているせいだろう。頭の震えは全く止まらない。時々、突き上げてくるものに負けて体ががくがくっと痙攣したり、喉の奥の方で獣の唸り声を上げたりするのがまた、その表情と相俟って、今の愛理紗に凄みを与えていた。

「や、やめろっていうのに」

美緒の顔に怯《おび》えの表情が浮かぶ。乳房を揉んでいた両手も、いつしか引っ込めていた。

もともと、美緒という女はそう強い人間ではない。人間的な格から言うと、完全に愛理紗に位負けしている。ただ、愛理紗がこうして雁字搦《がんじがら》めに縛り付けられ、身動きできない状態になっているからこそ、強気の態度を取ることができたのだ。

だが、愛理紗に剝き出しの敵意を向けられ、美緒は怯えた。いくら怖い顔をして睨んでも、すごんでも、今の愛理紗は美緒に対して何をすることもできない。美緒の仕掛けてくる悪戯に逆らうことも、ましてや反撃に出ることも、今の愛理紗には不可能なことなのだ。そう理屈で分かっていても、こんなふうに愛理紗に睨み付けられて、美緒は恐怖に縮み上がってしまった。そうなると、それ以上愛理紗をいたぶることなど、とてもできない。

「ぐうっ、ううう、ぐるるう」

美緒の怯えの表情を見てとって、愛理紗は頭をいっそう前に突き出していく。本当ならここで、決めの啖呵でも叫びたいところだが、今の愛理紗に言葉を口にする余裕は残っていない。ただ、頭をぶるぶるぶるぶるぶる震わせながら、美緒にガンを飛ばし続けるしかなかった。

美緒が後退《あとずさ》りする。自分の両胸を抱くようにしているのは、無意識の防御の姿勢だった。

美緒は今にも、愛理紗が自分に飛び掛かってきそうな気がしていた。

「あ、あはあぁっ！」

突然、愛理紗が反り返った。一瞬白目を剝き、全身を硬直させて、切羽詰まった身震いをした。

源次が、今まで全く動かさなかった自分の腰で、愛理紗を突き上げたのだ。愛理紗が必死で堪えてきた場所を、源次のそれが思い切り刺し貫いた。

愛理紗は固く目を閉じて震えている。開けるだけ大きく開いた口元から、あああ、という弱々しい声が漏れてくる。まるで、余りに凄まじい快感に支配されて、金縛りになってしまったようだった。

そんな愛理紗の様子を、美緒は呆然として見ている。

突然源次が、腰をひねった。愛理紗の体が薙《な》ぎ倒されて、再びマットの上に頭から倒れ込んでいく。ただし、大きく上に突き上げられた格好の愛理紗の陰部は、源次に貫かれたままである。

「ああっ！　ああああぁぁ！」

愛理紗が悲鳴を上げる。倒れ込んだ勢いで、源次の男根が再び愛理紗を突き上げたのだ。何も知らない人間が聞いたら、誰かが日本刀か何かで愛理紗を切り裂いたのだと思うだろう。そんな切羽詰まった、凄まじい叫び声だった。

「美緒、下がれ！」

愛理紗を突き上げながら、源次は美緒に命令した。

「これ以上、俺の邪魔をするな」

鮫島も慌てて飛んでくる。美緒の肩を後ろから抱いて、長椅子のところまで引き戻していこうとする。美緒は美緒で、もうこれ以上愛理紗に関わる気持ちは失《う》せてしまったらしい。若頭に素直に従って、後ろに下がっていく。

「ああああぁぁ！　あああああぁぁ！　ああああああぁぁぁ！」

愛理紗は半狂乱の態で頭を振りたくっている。両手の指先、両足の指先にまでいきみが入って、全身ががくがくがくがくと震え続けていた。

愛理紗の双つの瞳から、ぽろぽろと大粒の涙がこぼれ出す。さっきまでの悔し涙とは全く違う、余りに激し過ぎる歓喜の嵐に訳が分からなくなった末の、随喜《ずいき》の涙だった。

「あああああぁぁぁ！　あああああぁぁぁ！　あああああぁぁぁ！」

いつしか、源次の腰の動きは止まっていた。お尻を源次の下腹部にぶつけるようにして、腰を動かし続けているのは愛理紗の方だった。だが、今の愛理紗は、自分がいやらしく腰を動かし続けていることにさえも気づいてはいない様子だった。

「あ、ああっ！　あああああっ！」

とうとう、愛理紗は絶頂を迎えた。お尻を源次の腰にぐぐうっと押し付けて、源次のそれを思いっ切り締めた。そしてぐったりと動かなくなった。眉間の縦皺が抜けないのと、時々しゃくり上げるようにして下半身を痙攣させているのは、快感の余韻がいつまでも去らないせいだった。

余りに凄まじい源次の仕込みに見とれていた鮫島が、吐き出すのを忘れていた息を吐く。隣に座っていた美緒も、全身の力を抜いて長椅子に身を凭せ掛けた。

「さすがだ、源次。噂には聞いていたが、お前の仕込みは本当に凄い」

「今日の仕込みは失敗でさ」

「そんなことがあるものか。現に愛理紗は、こんなに……」

「あっしが腰を使っていかせたんじゃ、意味ねえんで」

「ふうん、そんなものかね」

「今日の仕込みは、明日もう一度やり直しやす」

そして源次は、改めて鮫島の方に向き直った。

「会長にお伝え願いましょう。今回の仕込みは長引きそうなんで、いつ仕上がるかは約束できねえってね」

「そ、そんな、源次！」

鮫島は慌てた。ただでさえ、前の女に逃げられたことで最初の期日は延び延びになっている。これ以上、会長に待てとはとても言えない。

「なんとかならねえのか？」

「こんな風に、お二人してあっしの仕込みの邪魔をされるんじゃあ、とても無理です」

鮫島の隣に座っていた、美緒がむっとする。

「なんだい、仕込みが遅れるのは、私のせいだって言いたいのかい？」

「その通りだ」

「げ、源次、お前一体誰に口を利いてるつもりなんだい！　私に楯突くってことは、取りも直さず若頭に……」

「やめろ。分かった、源次。こいつに、出入りさせなけりゃいいんだな」

「わ、若頭、そんな……」

「お前《め》ぇが悪いんだ。調子に乗って、悪戯するからだ」

鮫島に叱られ、美緒がしゅんとなる。

「源次、その代わり、仕込みの仕上げは、できるだけ早く頼むぜ」

「できるだけのことはさせてもらいやす」

「ああ、そう頼む。さあ、行くぜ」

鮫島は、まだ拗ねた顔をしている美緒を引き摺るようにして、仕込み部屋を出て行く。ドアを閉めざま、鮫島は振り返って愛理紗の方をちらっと見たが、愛理紗はまだベッドの上に倒れ込んだまま、下半身を痙攣させ続けている。

店の一階の控え室に入ると、鮫島は煙草に火を点《つ》けた。もともとスケベ心で調教に立ち会い始めた鮫島だったが、今はあの部屋から離れるとほっとする。それほど、あの部屋には緊張感が漲《みなぎ》っていた。

「凄まじいもんだな、源次の仕込みってのは」

「たいしたことあるものか、私だって、あの仕込みを受けてきましたのさ」

「お前の床上手は、源次直伝ってわけだ」

「嫌ですよ、若頭」

美緒は照れたように笑い、鮫島にしなだれかかる。

若頭がふと、怪訝《けげん》そうに頭を巡らす。

「おい、今何か聞こえなかったか？」

「何がです？」

美緒も、耳をそばだてる。確かに、遠くの方から女の啜《すす》り泣く声が聞こえてくる。

「どうやら、源次の仕込みが始まったらしいわ」

「源次の仕込みって、続きは明日じゃねえのか」

「腰振りダンスはまた明日。仕込みはまだまだございますのさ」

驚いて若頭は時計を見る。さっきの仕込みが終わってから、まだ二十分と経《た》っていない。

「一体、いつまで続くんだ？」

「一日中ですよ。寝て、起きて、ご飯食べたりトイレに行ったりする時間以外は、全部仕込みなんです」

「大丈夫か？」

「何がです？」

「愛理紗のことだよ。死んじまうんじゃねえか？」

不安そうな鮫島の様子に、美緒がほほほと笑う。そんな馬鹿な、という笑い方だが、鮫島は本気で愛理紗が死んでしまうのではないかと思っていた。

「あれじゃあ、うちの組の若え奴《わけ》らのリンチの方がましなくれえだ。もし俺が女に生まれ変わっても、源次の仕込みだけは受けたくねえなあ」

「源次の仕込みってのは、あんなものなんですよ」

美緒は、少し曇った表情でそう返した。どうやら、自分が仕込みを受けた頃のことを思い出したようだった。

だが、そこには苦しかった頃のことを思い出すといった風情はない。どちらかと言えば、源次に教え込まれた、女の歓びを思い出しているように見える。美緒の頬が少し上気して、鮫島に縋り付く手が汗ばみ始めた。美緒は、興奮し始めている自分をごまかすように、鮫島のキスを求める。

「あ、だ、駄目、い、いやあ……」

まるで二人のバック・グラウンド・ミュージックのように、愛理紗の声が遠くから響いてきた。


愛理紗の長い一日が終わった。

愛理紗は、放心状態でベッドの上に倒れ込んだままである。今日一日、一体何度絶頂を極めたことだろう。悶絶の余り、失神してしまったことも一度や二度ではなかった。仕込みの後半になると、愛理紗はもう、自分の足で立つことができなくなっていた。腰が抜けたようになって、無理に歩こうとしてもよろけて立っていることができなくなっていた。それでも源次は、愛理紗を責め続けた。愛理紗は本気で、源次のことを鬼だと思った。

「お願い、少し眠らせて」

その日の仕込みが終わっていることにも気づかず、愛理紗は源次に哀願する。自分が今どういう状態でいて、源次が今何をしているのかさえ、今の愛理紗には分かっていなかった。

それにしても、なんという過酷な責めであろうか。愛理紗も何度か、他の女たちが責められているのを見てきている。傍目《はため》で見ても辛い責めだとは思っていたが、自分で体験してみると、それは想像以上の過酷さだった。

(こんな責めが、毎日続く)

一体自分に、最後まで堪える気力があるだろうか。愛理紗には、その自信がなかった。

「……え？」

愛理紗が、驚いた顔で源次を見る。源次が、愛理紗の手首に縄手錠を掛け始めたのだ。

「いや。なにを、この上一体なにをするの？」

「よく頑張りましたね、あねさん。今日の仕込みは終わりでさ。一風呂浴びて、ゆっくり休んで下せえ」

愛理紗が、怯えたような顔で、いやいやをする。

「いや。もう、お風呂はいや」

ただの風呂ではない。源次の両手で愛理紗の体を撫で回す、淫靡な儀式なのだ。そのことを愛理紗はつい今朝方、痛いほど思い知らされていた。一日中、この世のものとも思えない悶絶地獄を味わわされた今の愛理紗にはもう、あの責めに堪えられるだけの気力も体力も残ってはいなかった。

「お願い、やめて。もう、お風呂はいや」

源次は愛理紗の哀願に取り合おうともせず、てきぱきと作業を続けていく。あっと言う間に、愛理紗は朝と同じように、源次の体に磔にされてしまった。

源次が、廊下に出る。当然、乳房も股間も曝け出した状態の愛理紗を体の前に磔にした状態のままだ。

だが、愛理紗が朝のように取り乱すことはない。そんなことに思慮が及ぶだけの体力が、今の愛理紗にはなかった。今はただ、一刻も早く全てを終わらせて、休みたいと願うばかりだった。

そんな状態にも拘わらず、これから起こることを予想して、股間は既にまた濡れ始めている。そんな自分の体を、愛理紗は浅ましいと思った。

四

愛理紗の調教が始まって、二週間目の朝だった。突然、愛理紗の絶叫が、無人の廊下に響いた。

「あねさん！　あねさん！」

愛理紗のただならぬ様子に、源次が飛んで来る。愛理紗は、ベッドの上で何かを見ながら号泣《ごうきゅう》していた。

「あねさん、一体……」

声を掛けようとして、源次が立ち止まる。愛理紗が見ていたのは、数日前の新聞だった。その第一面に、山中で発見された一組の男女の変死体が発見された記事が載っている。その一組の男女とは、愛理紗の夫、佑介と、佑介が連れて逃げた例の女だった。

「佑介を殺したね」

愛理紗が源次を睨み付ける。そこには、久しく失われていた組長夫人・愛理紗の鋭い眼光が戻ってきている。

もちろん、やったのは源次ではなく、銀星会の誰かである。そんなことは愛理紗も重々分かっている。分かっていながら、今の愛理紗の境遇では、源次に怒りをぶつけるしか仕方がなかった。

「親分は組を裏切ったんだ。もし、他の誰かが同じことをしたら、親分やあねさんだって同じことをしたと思いますぜ」

源次は源次で、まるで自分が佑介を手に掛けたような口振りをする。ここは、愛理紗の憤りを、まっすぐに受け止めてやるしかないと腹を括っているらしい。

「黙れ！」

愛理紗が源次の頬に唾をぺっと吐く。源次の頬に、愛理紗の唾が張り付く。

「佑介を返せ！　あたしの佑介を返せ！」

そして、愛理紗は源次に飛び付いた。源次の胸を叩きながら、愛理紗はまた、号泣する。そうして、愛する夫の死を悼《いた》んで泣きじゃくる愛理紗の姿は、世間一般の若妻と少しも変わるところがない。そんな愛理紗を労《いた》わるかのように、源次は愛理紗の体をそっと抱き締めた。

次の瞬間、愛理紗は源次の体を突き放す。そして、源次の頭めがけて、回し蹴りを飛ばしてきた。源次はとっさに腰を屈めて、辛うじてこれをよける。愛理紗の一番恥ずかしい場所が源次の目の前を通り過ぎる。

「殺してやる！」

回し蹴りの回転の勢いを利用するようにして、愛理紗は源次の顎めがけて肘撃ちを仕掛けていく。源次はその腕を摑んで、愛理紗の関節を決める。

「ああ！　く、くそ！」

右腕を捩《ね》じ上げられ、愛理紗はベッドのマットの上に組み伏せられた。それでも愛理紗は、なおも源次を跳ね除《の》けようと脚をばたばたさせて藻掻く。

「は、離せ！　離せ！」

「あねさん、落ち着きなせえ。落ち着くんだ」

「やかましい！　誰がお前の指図なんぞ」そしてまた、愛理紗はわっと泣き出した。そんな愛理紗の様子を見ながら、源次は途方に暮れた。

もうすっかり、源次の愛撫に馴染んでいる愛理紗である。このまま無理矢理、いつもの仕込みに持ち込むことだって、できないわけではない。

だが、それで愛理紗の体を屈服させることはできても、今の愛理紗の心を屈服させることはできない。逆に、傷心の愛理紗に無理矢理セックスを強要することで、埋めることのできない深い心の溝が出来てしまうだろう。

(元の木阿弥だ)

源次は心の中で舌打ちをする。この二週間、少しずつほぐしてきた愛理紗の心は、再び離れてしまった。源次はもう一度、一から愛理紗の心を解きほぐしていかなければならない。もしかするとそれは、初め以上に難しい仕事になるかもしれなかった。

「ほほほ」

後ろから誰かの、笑い声が聞こえる。源次が振り返ってみると、美緒だった。

「なんだねえ、ねえさん、みっともない。何をそんなに取り乱しているのさ」

そして、全裸で源次に組み敷かれている愛理紗のことを覗き込むようにしながら、源次に耳打ちした。

「ねえ、源次さん、どうなのさ。こんなお行儀の悪い女を会長に差し上げるってのは、どうも不味《まず》いんじゃないかねえ」

「あねさん、ここには顔を出さない約束だったはずだ」

源次が、美緒をあねさんと呼ぶ。この二週間の間に、美緒はすっかり若頭代理としての地位を確立してしまっていた。

「ほほほ、相変わらず堅いねえ、源次さんは。もうそんなこと、どうだっていいじゃないか。それより……」

美緒の言葉を断ち切るように、源次が美緒の腕を取る。

「あねさん、ちょっと、いいですかい」

「おや、なんだい源次さん。もしかして、デートのお誘いかい？」

「とにかく、ちょっと」

「あらまあ、いやだよ、源次さん。腕なんか取っちゃって。ほほほ、恥ずかしい」

はしゃぐ美緒の腕を引っ張るようにして部屋を出て行くと、源次はがちゃんと鍵を閉めた。

愛理紗は二人が出て行ったことにも気づいていない様子で、泣き続けている。

美緒を控え室に連れ込むと、源次は美緒の両腕をつかんで自分の方を向かせた。美緒は一瞬痛そうに顔をしかめたが、すぐにまんざらでもなさそうな笑いを浮かべて源次に凭れ掛かっていこうとする。源次は腕を突っ張って、それを許さない。

「あねさん、あんたですね」

「なんのことさ」

「新聞をあの部屋に放り込んだのは、あねさん、あんたでしょう」

「さあ、知らないねえ」

「おかげで、愛理紗はまた、心を閉ざしてしまった。また、一からやり直しだ」

「おやおや、それはご苦労なことだねえ」

そう言いながら、美緒は源次の手の甲を撫でた。二人きりの部屋の中で、それは明らかに源次を誘っている行為だった。

「あっしの仕込みを邪魔しねえで貰いたいと、常々申し上げているはずだ。一体、何を企《たくら》んでいなさるんで」

「企んでいるなんて、人聞きが悪いねえ」

言いながら、今度は後れ毛の辺りの髪をそっと掻き上げる仕草をする。

「ただねえ、愛理紗もああなっちゃあ、もう使いものにならないんじゃないかねえ。これから先、源次や私たちの言うことを聞くとも思えないしねえ。なにしろ、強情な女だからねえ」

そして、源次の両手をそっと外す。今度は源次も、美緒のなすがままになっている。

「第一、佑介兄さんを殺せと命じたのは会長なんだろう?」

「さあ、そんなことは、あっしには……」

「会長に恨みを持っている女を会長のところに上げて、寝首でも掻かれてご覧な。私たちみんな、身の破滅だよ」

「だからと言って、今さら愛理紗の代わりを探すなんぞ、無理な相談でしょう」

源次が愛理紗を呼び捨てにする。美緒と愛理紗の立場が逆転して以来、誰もが美緒の前では愛理紗を呼び捨てにしていた。

「何を言っているんだね、源次さん」

そして、美緒は源次の分厚い胸板にそっと身を寄せた。

「私がいるじゃないか」

源次が、美緒を見る。美緒は、艶を含んだ目で源次を見返した。

「あねさん、自分が何を言っているのか、分かって言っているんですかい？」

「何がさ？」

「そんなことをすれば、あねさんもあっしも、若頭を裏切ることになるんですぜ」

「大丈夫だよ」

源次の顔を両手で挟むようにして、美緒は生臭い息を源次に吹き掛ける。

「今回のことをしくじれば、若頭だってただじゃすまないんだ。涙を呑んで、私を差し出すさ。金の成る木の源次さんを始末するはずもないし、私たちは安泰さ」

「どうにも分からねえ」

「何だよ、一体？」

「すっかり、島村組の二代目女将に収まったあねさんが、あえて昔に戻って、地獄の仕込みをもう一度受けようというんですかい？」

「そう、そういうことになるねえ」

美緒が指先で、源次の乳首を摻る。

「なぜそんなことを望むのか、あっしにはそれが分からねえ」

美緒の手が止まる。さっきまでの誘うような顔つきは影を潜め、すさんだ女狐の表情になる。

「私はね、もうあの女の風下に立ちたくないんだよ」

「風下？」

「もし、愛理紗が会長の女になったら、あいつはまた、私の上に立つことになるじゃないか」

合点がいったという様子で、源次が笑う。

「なるほど、そうなれば、愛理紗はあねさんに好き勝手ができるようになる。あねさんが愛理紗にしなすったことがどんな恐ろしい仕打ちになって戻ってくるかと思えば、あねさんもおちおち枕を高くして眠っていられないと言うわけだ」

「そんなことは、させるものか」

美緒がぎゅっと唇を嚙み締める。恐怖と負けん気が混ざった表情で、美緒は顔を強張《こわば》らせている。

「だからね、私が会長の女になりたいんだ。愛理紗がどう逆立ちしたって私に勝てないように、私は一番上に立ちたいのさ。源次さん」

源次の頭を両手で挟み込み、美緒は源次の唇に唇を重ねていく。

「分かっておくれだよねえ、私の気持ちを」


一方、悲嘆に暮れている愛理紗の元に、珍客が訪れていた。

「お姉さま、お姉さま」

「あ、美由紀、お前、一体、どうしてこんなところに……」

慌てて、あられもない我が身を必死で隠しながら、愛理紗が叫ぶ。ドアの覗き窓から顔を覗かせているのは、愛理紗の妹の美由紀だった。


愛理紗の両親は若くしてなくなり、当時まだ高校生だった美由紀を母親代わりに育ててきたのは、他ならぬ愛理紗だった。弱冠二十歳の穢《けが》れなき花を、愛理紗は大切に育ててきた。

同じ姉妹でありながら、愛理紗と美由紀は全く違う。荒んだ青春時代を過ごしてきた愛理紗と違い、美由紀は清らかなまま、すくすくと育ってきた。大輪の薔薇のような華やかさを持つ愛理紗に対して、美由紀は清楚な霞草《かすみそう》のようだった。人目を引く派手さはないが、思わず目を奪われてしまいそうな凜とした美しさがあった。

そんな美由紀に、嫉妬した時代もあった。だが、両親が亡くなってからの愛理紗は、実の両親以上の愛を美由紀に注いだ。美由紀の存在を組の若い衆にも内緒にしていたのは、彼らと接することによって、美由紀に悪い影響を与えることを恐れたからだった。

当然、この店のことも美由紀には教えていない。その美由紀が、なぜこの場所にいるのか、愛理紗は混乱するばかりであった。

「美由紀、美由紀、どうしたの？　あなた、なぜこんなところにいるの？」

「お姉さまこそ、なんでこんな目に。ああ、お姉さま、可哀想に」

健気《けなげ》な妹は、なんとか姉を助け出そうとして必死でドアのノブを揺さぶっている。だが、堅く閉ざされたドアは、いたいけな美由紀の細腕ではびくともしない。

「どうして？　どうしてこの場所が分かったの？」

「京一さんから教えてもらったのよ」

「京一？」

そう言えば、思い当たることがある。以前、美由紀が突然、高熱を出して倒れた時、急いで京一に車を回させて病院に運び込んだことがあった。あの時は京一に強く口止めしておいたのだが、このような事態になるに及んで、京一は美由紀に事の顚末《てんまつ》を知らせに走ったらしい。

（京一、余計なことを）

こんな危険な場所に、美由紀一人で乗り込んできたところでどうなるというのだ。このままでは、美由紀まで巻き込んでしまうことになる。

「私のことはいいから、美由紀、早くお逃げ」

「そんな、お姉さま一人置いて逃げるなんて、私できません」

「あなたがここにいたって、どうなるものでもないの。ここはとても危険な場所なのよ。見つかったら、あなただってただじゃ済まないの」

「お姉さまを見捨てていくぐらいなら、私も捕まってしまいます」

「馬鹿なことを言うんじゃないの。殺されるわよ」

「……殺されるって」

「佑介だって、殺されちゃったんだから」

美由紀がはっと息を呑む。

「そんな、そんな、酷い。佑介兄さまが、なぜ」

「あなたも、愚図愚図してたら、捕まって殺されちゃうのよ。だから、早く逃げるの」

「でも、でも、それではお姉さまが、今度はお姉さまが殺されてしまう」

「私は大丈夫。詳しいことは話せないけど、私は殺されないの。だから、あなたは早くここから逃げてちょうだい」

「そんなことを言ったって、ああ、お姉さま、お姉さま、私、いったいどうしたらいいのか分からない」

　言うと美由紀は、その場でわっと泣き崩れてしまった。今にも組の者たちがやってきそうな気がして、愛理紗は気が気ではない。

「だったら、だったら美由紀、警察を呼んできてちょうだい。佑介のこと、私のこと、全部話して、助けに来てもらって」

　外の美由紀の泣き声が、ふっと止《や》む。

「分かったわ、お姉さま、私、警察の人を呼んできます。そして、きっと助けに戻ってくるから、待っていてくださいね」

「いいえ、美由紀、あなたはもう戻って来ちゃいけない。全て警察に任せて、家で私の無事を祈っていてちょうだい」

「ええ、ええ、とにかく、私、行きますわ。きっと助け出してさしあげますから、待っていらしてね」

「分かったから、早く、早く行って」

「はい」

そして、美由紀の気配が遠のいていった。愛理紗はほっと息をつく。これで、もし無事にこの建物から抜け出すことができれば、少なくとも美由紀だけは助かる。

もし順調に逃げているなら、そろそろ建物から出ているはずだ。時間を計りながら、愛理紗はようやく心を落ち着かせ、ベッドに身を横たえた。

ともかく、これからは、源次の仕込みを素直に受けよう。そして、一日も早く、銀星会の会長のもとに上がるのだ。

そうすれば、再び愛理紗は自由になる。晴れて、美由紀の元へも自由に行くことができるようになる。

（それまで美由紀、くれぐれも短気を起こさないで）

警察がもし動いてくれなかった場合、美由紀はまた、危険を犯して愛理紗のところへやってくるかもしれない。愛理紗はなにより、そのことが怖かった。

（美由紀、お姉さんはきっと帰ってくるから、それまでおとなしく待っていてちょうだい。お願いだから、軽はずみなことはしないで）

だが、愛理紗のそんな願いが叶うことはなかった。

突然、後ろでばたんとドアが開く音がした。若頭の鮫島に続いて、舎弟たちがどかどかと入り込んでくる。素っ裸のままの愛理紗は、思わず身を縮めて体を隠そうとした。

「お、お姉さま!」

無事逃げ出せたはずの美由紀の声に、さあっと愛理紗の血の気が引いていく。慌てて振り向いてみると、銀星会の若い衆に両手を摑まれて、美由紀が引き摺《ず》り出されてきた。

「み、美由紀!」

「ごめんなさい、お姉さま。私、見つかってしまいました」

「ああ、ああ、美由紀、なんてことに。お前がこうなることだけは避けたかったのに」

狼狽《ろうばい》する姉妹の様子を眺めながら、鮫島はふふんと鼻で笑ってみせた。

「知らなかったよ、愛理紗。お前にこんなかわいい妹がいたなんてな」

「お、お願いです。若頭。私はどうなってもいいから、この子だけは、この子だけは助けてやってください。後生ですから、美由紀に手を出さないで」

「さあ、それはちょっと無理な相談だな」

「そ、そんな!」

そこに、騒ぎを聞きつけて源次と美緒がやってくる。源次の顔には、なにが起こったのかという戸惑いの色が見えるが、美緒は口元に薄笑いさえ浮かべている。

「おう、源次。愛理紗の見張りは、そっちでちゃんとしておいてもらわないと困るぞ」

「申し訳ありません。で、若頭、この女はいったい……」

「愛理紗の妹なんだそうだ」

「妹……」

「まあ、愛理紗ねえさん、あんた、妹がいたのね。全然知らなかったわ」

源次の後ろから、美緒が声を掛ける。そして、物珍しそうに美由紀の顔を覗き込む。美由紀は、怯えたように身を縮み上がらせる。

「やめて、美緒！　その子に手を出さないで！」

「うるさいねえ。あたしは別に、指一本この子に触れちゃいないじゃないか。ねえ、若頭」

「で、若頭、この娘が、何か……」

「ああ、警察に垂れ込もうとしていやがった」

「垂れ込み？」

「このお嬢さんが言うには、佑介を殺したのは俺たちで、愛理紗も殺そうとしているということらしい」

「まあ、なんてことを」

美緒が、源次と鮫島の話に割って入ってくる。

「で、若頭、この娘に、どう落とし前を付けさせるつもりなんです？　まさか、このまま無罪放免なんてことはないでしょうね？」

「うむ、もちろん、それなりの落とし前は付けてもらわないとな」

「愛理紗も美形だが、この娘もなかなかのものじゃないですか」

源次が、美由紀の顔を観察しながらそう口にする。

「愛理紗のような助平な体もいいが、こういう柳腰の細身の女を好む男も結構多いんでさ。どうです、若頭。ついでに、この娘も、あっしに仕込ませてもらえませんかね」

聞いて、愛理紗の頭にかっと血が上る。

「こ、この人でなし！」

全裸のまま、愛理紗が源次に摑み掛かろうとする。鮫島の周りの舎弟たちが、割って入ってくる。三、四人の男たちに押さえ込まれながら、愛理紗が喚き回る。

「そ、そんなことをしてみやがれ！　お前をただじゃおかないからそう思え！　源次！　私は、私は絶対、お前を許さない！」

「俺を許せなきゃ、どうするつもりなんです？」

愛理紗の啖呵に、源次が冷ややかに言葉を返す。愛理紗は、言葉に詰まり、それでも燃えるような憎悪を込めた目で源次を睨み付けている。

「まあ、それも面白いかもしれねえな」

鮫島が、美由紀の服の中を見透かすようないやらしい目をしながら、そう呟く。美緒の顔に、不満そうな色が覗く。

「分かった、源次、この女もお前に預ける。せいぜい、金の稼げる女に仕込んでくれ」

「分かりやした。さっそく、今日から始めやす」

「ほう、そりゃあ、えらく気が早えな」

「実は、こういう女は、あっしの好みなんで」

「へっ、この野郎、抜かしやがる」

鮫島は思わず噴き出してしまう。源次は、縄束を一つ取り出して、美由紀の両手を後ろに回し、簡単に縄掛けする。

「あ！　やめて！　お、お願いです、やめて下さい！」

「やめろ！　手を出すな！　こ、殺すぞ！　源次、本当に殺すぞ！」

美由紀と愛理紗が同時に悲鳴を上げるが、源次は動じない。知らぬ顔をして、さっさと縄掛けしてしまうと、縄の端をベッドの脚に括り付けてしまう。闘争心など元々持ち合わせていない美由紀はそれだけで観念してしまって、大人しく座り込んでしまった。

「うおお！　畜生！　離せ！　離せえ！」

一方の愛理紗は、なんとか妹を助けようとの思いがあるのだろう。押さえ込んでいる男たちを今にも弾き飛ばしてしまいそうな勢いで、暴れ続けていた。源次は別の縄束を取り出すと、愛理紗の方も後ろ手に縛り上げてしまう。こちらは、高手小手に胸縄というしっかりした縛り方だった。

さらに源次は、部屋の隅に椅子を一脚、ベッドの方を眺めるような形で据えると、そこに愛理紗を引き摺っていかせ、無理矢理椅子に座らせ、そしてその背凭れに上半身を固定してしまう。

「これは傑作だ」

源次の意図を察した美緒が大笑いし始める。

「妹が源次に仕込まれる様を、姉さんに見せてあげようってわけだね」

「げ、源次！　こ、この、鬼！　鬼！」

愛理紗は、両脚をバタつかせて必死の抵抗を試みるが、銀星会の舎弟たちに押さえ込まれていて身動き取れない。やがて源次は、愛理紗の脚を一本ずつ、椅子の脚に固定していく。両脚を縛り上げられると、大股開きの状態で局所が丸出しになってしまった。そんな愛理紗のあられもない姿に、銀星会の若い衆はどんな顔をしていればよいのか分からない様子でにたにたと照れ笑いを浮かべ、それでいて、見るべきものはしっかりと目に焼き付けているのだった。

「ど、どこを見ているんだよ、この助平野郎！」

さすがに美由紀のことよりも自分の方が大変になってきた愛理紗は、自分を取り囲んで股間を眺めている舎弟たちに毒づいた。だが、その口も無理矢理こじ開けられ、布切れを食わされて猿轡を嚙まされると、もう何も言うことができなくなってしまった。

「ううっ、うううっ」

それでも愛理紗は、必死で呻き声を上げながら、頭を振っている。それが、今の愛理紗の、唯一の抵抗なのだった。


二人を縄で固定し終わった源次は、部屋の隅で自分の用意を始めた。衣服を脱ぎ捨て、褌一丁の裸になる。引き締まった精悍な裸が現れてくる。

用意ができた源次は、ギャラリーの男たちの方に向き直る。

「さあ、それじゃあ若頭、席を外してもらいやしょう」

「なんでえ、今日は俺たちが居たんじゃいけねえのか」

「いつもの仕込みと違って、今日の相手は生娘《きむすめ》だ。見られていたんじゃあ、仕込みにならねえ」

「無理矢理、やっちまえばいいじゃねえか」

源次が、苦笑いしてみせる。

「若頭、そいつはあっしの、流儀じゃねえ」

「ふうん、そういうもんかね」

分かったような分からないような顔をしている鮫島だったが、この仕込み部屋の中では源次が王様だ。鮫島は素直に源次の言葉に従い、子分を引き連れてその場を出ていく。美緒はなんだか不満そうだったが、振り向きざま、源次を睨み付けただけで、若頭の後に随いていった。

部屋の中は源次と愛理紗、そして妹の美由紀の三人だけになった。源次はゆっくりと、愛理紗のそばに近寄っていく。

「ぐうううっ」

愛理紗は唸り声を上げながら、恐ろしい目をして源次を睨み付けている。源次は、そんな愛理紗の耳元に口を近づけ、小声で囁いた。

「あねさん、あっしが、憎いだろうね。あんただけでなく、かわいい妹まで修羅地獄に巻き込んでいく、そんなあっしが、憎くて仕方がないだろう」

「ぐ、ぐるるうっ」

源次の言葉を肯定するかのように、愛理紗がまた、唸る。

「ただ、今度の事に関しては、あねさん、あんたが悪い」

「ぐ、ぐうっ」

愛理紗の喉の奥から、さっきまでの唸り声とはちょっと違う声が上がる。源次が、愛理紗の剝き出しの股間を指ですうっと撫で上げたのだ。割れ目に沿って摺り上がっていく指は、愛理紗のクリトリスの表面をすうっと掠めて去った。愛理紗のお尻の穴がきゅっと締まり、腰が少し浮き上がる。だが、下半身がそうして感じているにも拘わらず、愛理紗の目は依然として源次を睨み付けたままでいる。

「あねさんの妹さんがここにやってきたのは、おそらく美緒の差し金だ。あねさんの仕込みを邪魔しようとして、あねさんの心を掻き乱そうとしているんだ。あねさんは、まんまと、その手に乗っちまった」

「ぐるる、ぐるるう」

「どうして、兄貴殺しのことまでしゃべっちまったんだ」

愛理紗の動きが止まる。源次を睨み続けていた愛理紗の目から、力が抜ける。そんな愛理紗の変化に気づいたのだろう。源次は愛理紗の口を塞いでいた手拭《てぬぐい》を外す。

「あたしが、あたしの失敗のせいで美由紀がこんな目に遭っているっていうの」

「言いにくいが、そういうことでさ」

「そんな。だって、そんなことって……」

「あねさんが監禁されていることだけだったら、まだなんとでも誤魔化せる。若頭だって、素人さんを巻き込んで面倒な話になるくれえだったら、そうする方を選んだだろう。だが、殺しのことを知っているとなると話は別だ。みすみす、面倒なことになるのを分かっていて、あねさんの妹さんを帰すわけがねえ。若頭はきっと、妹さんを殺そうとするだろう」

愛理紗の体が、ぶるぶるっと震える。言われてみれば、その通りだ。一体どうしてあの時、教える必要のないことまでぺらぺら喋ってしまったのだろう。自分は、そうされても仕方のない事をしたので、今、お仕置きされているだけなのだ。許されたらすぐに美由紀のところにいくから、心配しないで今日は帰りなさい。そう言って追い返す事だって、愛理紗にはできた筈なのだ。

だが、愛理紗はそうしなかった。しなかった結果が、今の美由紀の不幸なのだった。

源次は、美由紀に話が聞こえていないかどうか、後ろを振り返って確かめる。そして再び、愛理紗の耳に口を近づける。

「今となっては、妹さんに残された道は二つしかねえ。若頭に殺されるか、ここで性奴隷として、一生飼い殺しで生きていくか」

愛理紗の目から、ぽろぽろと大粒の涙がこぼれる。自分の浅はかさが大切な妹の一生を台なしにする原因を作ったと思うと、愛理紗の胸は張り裂けそうになる。

「だから、若頭が殺せと命じる前に、あっしは妹さんの仕込みをしてみたいと言い出した。そうしねえと、あねさんの妹さんの命はなくなると思ったからだ」

「お願い。美由紀を許してあげて」

愛理紗は、拭えない涙をぽろぽろと流しながら、源次に哀願した。

「わたしはどうなってもいいんです。どうせもう、汚れちまった女なんだから。でも、美由紀は違うの。あの娘は違うの。お願い、美由紀だけは、美由紀だけは助けてあげてください」

「言っただろう、あねさん。これはもう、どうしようもないことなんだ」

「そ、そんな」

そして愛理紗は、わっと号泣した。源次の仕込みを受け始めてから、辛いことは山ほどあるが、今日、この時ほど、辛いことはなかった。

こっそりと、美由紀の様子を盗み見る。後ろ手に両手を縛られたまま、しょんぼりと座り込んでいる美由紀を見ていると、愛理紗の心はますます沈んでくる。愛理紗の目に、涙がまた湧き出してくる。

「お願いします。頼みます。なんでもしますから、どんな辛い仕込みだってちゃんとこなしてみせますから、源次さんの命令にも、これから絶対に逆らいませんから、お願い、美由紀を、美由紀のことを……」

　哀しげに泣きじゃくり、身を震わせる愛理紗を、源次はじっと見詰めていた。そして、耳元にそっと囁いた。

「あねさん、いくら頼まれても、今、この状態はどう変えることもできねえ」

「ああ、美由紀。可哀想に。美由紀、美由紀」

「だが、時が解決してくれることもある。あっしも色々、工夫してみますよ」

　愛理紗の表情がふっと明るくなり、縋るように源次を見詰める。

「じゃあ、じゃあ美由紀のために一肌脱いでくれるのね」

「もう、脱いでるじゃねえですか。美由紀さんが死なずに済んだのは、あっしの機転が働いたからですぜ」

　美由紀に聞き取られないように気を使いながら、源次は言った。

「ご、ごめんなさい」

「あまり期待しないでくださいよ。絶対に助け出してやるとは約束できねえ。ただ、やれるだけのことはやらせてもらいますよ」

「お、お願いします、源次さん。こんな格好で、手を合わせることも、頭を下げることもできないけど、心の中で、拝みます、頼みます」

「その代わり、さっき誓った通り、これからはあっしの言葉には絶対服従ですぜ」

「誓うわ。誓いますから」

「じゃあ、態度で示してもらおうか」

源次の口調が変わる。ここから先は、調教だということを愛理紗に分からせたのだ。愛理紗は美由紀の目が気になったが、ここで逆らうことはできないと覚悟を決める。

「はい」

「目を閉じて」

言われた通りに、目を閉じる。源次の指が、愛理紗の股間を撫でる。腰の辺りがぴくんと動く。もう一度、同じ場所を撫でる。同じように腰が動いて、愛理紗が悩ましい声を漏らす。もう一度、なぞる。

股間を刺激し続ける源次の指に、愛理紗の息が荒くなっていく。

「あっしにキスするんだ、愛理紗」言われた通りに、愛理紗がキスする。源次の舌が口の中に割り込んでくる。愛理紗がそれを吸う。

愛理紗の口を離れた源次の唇が、下に滑っていく。顎から首筋を通って、胸の谷間を過ぎ、愛理紗のクリトリスの所まで下りてくる。逆に、源次の両手は、万歳をするように上に上がってきて、愛理紗の双つの乳首をぎゅっとつまむ。一度に三箇所の刺激を受けて、愛理紗はああっと声を上げる。

愛理紗は積極的に源次の愛撫を受け入れた。それは、源次と約束したこともあったが、源次に翻弄される事で、胸が張り裂けそうな悔恨の情を忘れてしまいたいという気持ちでもあった。

「ああ、感じる。もっとして。もっと私を狂わせて」

目に涙を溜めながら、愛理紗は快感に全身を打ち震わせていた。そんな愛理紗の股間を、源次は舐め、両手は乳首を揉る。源次の愛撫もまた、愛理紗の気を紛らわせるためだけの愛撫だった。単調な刺激が延々と続く。愛理紗の息が、だんだん切羽詰まったものに変わる。

「あっ、あぁぁっ！」

敏感な場所を同時に責められ続けて、愛理紗は簡単にいってしまった。愛理紗の全身から力が抜け落ち、ぐったりした状態で荒い息を吐く。

それでも、源次は愛撫を止めない。

一旦、力の抜けた愛理紗の体に、また力が入り始める。愛理紗の体に、再び力が籠る。

「だ、駄目、源次、もう、駄目」

一旦感じてしまった体は、感覚も敏感になっている。すぐに愛理紗は追い詰められてしまった。痛いほどに敏感になっているクリトリスや乳首から、脳天を突き抜けるような強烈な感覚が突き上げてくる。

「い、いく、源次、また、いっちゃう」

腰の辺りをくねくねと踊らせながら、愛理紗は、腰を震わせる。二回目のエクスタシーが、目の前に近づいていた。

二回目をいっても、源次の愛撫は止まなかった。変化もない、特別なテクニックもない。ただ、クリトリスを舐め、両乳首を操る責めが、延々と続いていく。

だが、その単調な責めの連続が強烈だった。愛理紗のクリトリスも乳首もびんびんに腫《は》れ上がり、触れられる度に脳天の先に響くような快感が全身を貫く。愛理紗は狂ったように頭を振り、腰を小刻みに震わせ続ける。

「ひっ、ひぃ！　だ、駄目ぇ、本当に、駄目ぇ！　もう、もう堪忍して！」

それでも源次の責めは続く。本当に、自分はこのまま死ぬのだと思った。ようやく源次の責めが止んだのは、愛理紗が四度目のクライマックスを迎えた時だった。愛理紗は大きく全身を震わせ、そしてそのまま、失神してしまった。クリトリスを舐め、乳首を操り続ける単調な責めを始めてから、すでに五十分が過ぎていた。意識を失いながら、愛理紗は腰の痙攣を繰り返し、白目を剝いて少し涎を垂らしていた。源次は、すっかり力の抜けてしまった愛理紗の口に再び猿轡を嚙ますと、後ろを振り向いた。そこには、愛欲の地獄絵図を見せつけられ、恐怖に身を打ち震わせている、いたいけな処女がいた。

いたいけな娘もまた、肩で息をしていた。延々と続いた姉と源次の濡れ場に、娘も少なからず興奮していたのだ。目はとろんと潤んだようになり、口は半開きになって、時々生唾を呑み込む。もし源次が美由紀のスカートをたくし上げたならば、パンティの真ん中が湿っていることが分かっただろう。

そんな少女に、源次が近づいていく。今度の標的は自分であると気づいた美由紀は、後ろ手で縛られた姿勢のままで後ずさる。

そんな美由紀の様子に頓着する様子も見せず、源次はベッドの脚に固定してあった縄尻を解くと、美由紀の体を抱き上げる。

「やめてください。お願い」

美由紀が、蚊の鳴くような声で哀願する。そんな美由紀を、源次はそっとベッドの上に横たえる。相手が愛理紗であったら、源次は敢《あ》えて乱暴にベッドの上に放り投げるところだったろうが、それは今のこの処女には逆効果だと、源次は判断したのだった。

そして、処女の唇を奪おうとする。いつに変わらぬ、源次の儀式だった。

「いや、いやあ！」

全身全霊の力を込めて、美由紀は顔を背けて源次の唇を避ける。

源次の顔が回りこむ。美由紀の唇を、源次の唇が追いかけていく。美しき処女はまた、悲鳴を上げながら、顔を反対側に背けていく。源次もまた同じように、反対側に回りこんでいく。

源次は急がず、美由紀との追いかけっこを気長に続けていく。とうとう、根負けしたのは美由紀の方だった。ああっ、と悲しげに一声上げると、天を仰ぐように頭を上げた。源次の唇が、美由紀の唇を塞いだ。

「お嬢さん、怖かったかい？」

少し長めのキスの後、源次は美由紀に優しく声を掛ける。美由紀は答えない。ぶるぶるぶると身を小刻みに震わせながら、源次の膝の上で小さくなっている。ただ唇を奪われただけで、このいたいけな小鳥には消え入りそうなショックだったのだ。

「怖がることはない。これは、誰でもしていることなんだ。お嬢さんも、すぐに慣れるさ」

源次は急がない。美由紀を膝に乗せたまま、優しく話しかけていく。そうして、美由紀の気持ちが落ち着くのを待っている。

かと言って、源次は際限なく待ち続けているわけではない。

「あっ！」

源次が二度目のキスを求めてきた。まだ震えの止まらない美由紀はいやいやをしながら逃れようとしたが、顔を両手で強く挟まれ、二度目の唇を許してしまった。

「う！」

愛理紗と違って、美由紀に舌を嚙み千切《ちぎ》られる惧《おそ》れはないと踏んだのだろう。源次は二度目のキスで舌を割り込ませていった。驚いた美由紀は、また、全身をぶるぶると震わせた。

そして三度目のキス。美由紀はほんの少しだが、源次の唇を迎えにいくような動きをした。堅い蕾《つぼみ》の奥で、何かが少しだけ緩む。四度目のキスの時、美由紀の体から力が抜けた。

「ああっ、い、いやっ！」

源次の両手が、美由紀の胸元を襲う。いきなり両手をブラウスの中に差し入れると、美由紀の乳房を両手で鷲摑みにした。

「い、痛い、やめて、やめてえ」

身を硬く縮めながら、美由紀は泣きそうな声を上げた。だが、脚をもじもじと摺り合わせながら、美由紀はそれ以上、源次に抗うことができなくなっている。胸から全身に広がってくる感覚が、単なる痛みだけではないことに、美由紀は戸惑いを感じていた。

「どうだい、お嬢さん。お乳を揉まれると、どんな感じだ？」

「はあ、はあ、や、やめて、やめて下さい」

「お乳を揉まれると、すごく痛いだろう？」

「い、痛いです。ですから、もう」

「特に、乳首の先が、疼くように痛いだろう？」

「…………」

美由紀は、答えない。源次に、自分の中の恥ずかしい芽生えを指摘されたような気がして、思わず俯いてしまう。

「でも、お嬢さん、ほら、痛くて堪らない乳首の先を、こうして擽ってやると」

源次は、乳房全体を揉みしだきながら、人差し指の腹で乳首の先をころころと転がした。

美由紀は何かを叫ぶような口をして、ハァッと小さく息を呑む。そしてその後、体を揺するような動きをしてみせた。それは、両手で乳房を庇って源次の愛撫から逃れようとした動きなのだが、両手を後ろ手に縛られているために、そんな不自然な動きになってしまったのだ。

はああっ、はああっ、と震える吐息を吐いて、美由紀は大人しくなった。全身の力が抜けて、源次に胸を触られるがままになっている。

「どうした、お嬢さん？　随分大人しくなってしまったじゃないか」

源次の問いかけにも、美由紀は答えない。ただぐったりと源次の胸に体を預けて、時々、はあっと息を呑んだり、足先を微かに動かしたりするばかりだった。

さすがに、体の熟《う》れきった愛理紗のように派手な嬌声を上げたり、全身で快感の強さを表現したりすることはない。だが、顔から首筋にかけての肌が真っ赤に染まっているところを見ると、美由紀なりに愛撫に興奮し、快感を感じてしまっているらしい。高い教養を感じさせる理知的な美由紀の表情にだんだん霞が掛かってきて、呆けたような顔つきに変わっていく。源次に五度目のキスを奪われた時、美由紀はうっとりと目を閉じた。

「ううう っ」

部屋の片隅から、呻き声が聞こえてくる。源次が振り返ると、はやくも目を覚ました愛理紗が、源次と美由紀の情事をじっと見詰めていた。

愛理紗は泣いていた。降って湧いたような不幸な美由紀の運命に、涙せずにはいられないという様子だった。まして、その運命を招いた原因が自分自身の浅はかさだと思うと、愛理紗はこのまま、死んでしまいたかった。

「ああっ、い、いや！」

愛理紗に見られていることに気づいた美由紀は、ようやく恥ずかしさを思い出したように暴れ始めた。追い詰められた小動物のような美由紀だったが、満身の力を込めて抵抗されるとなかなか手ごわい。源次は今にも弾き飛ばされそうになっている。

美由紀の動きを止めるために、源次は美由紀にキスをする。まるで条件反射のように、美由紀は大人しくなる。

だが、さっきまでと違って、今の美由紀の体にはまだ力がこもっている。もし今、唇を離したなら、美由紀は再び暴れ始めるに違いない。源次もそれを知っているから、簡単には唇を離せない。

「ふ、ふううっ」

美由紀が呻いて、腰を引く。源次の舌に弄ばれる自分の舌の刺激が、股間に響いたのだろう。それでも、源次は、キスを止めない。

それはもう、キスとは呼べない。舌先を使った舌先への愛撫だった。美由紀の眉間に縦皺ができ、体は時々、びくっびくっと痙攣した。

それでも源次は、キスを止めない。

一分、二分、三分、源次の責めは続く。だんだん、美由紀の息遣いが荒くなってくる。唇を塞がれた状態で、鼻だけの呼吸では息苦しくなってくる。美由紀は頭を左右に振って、源次の唇から逃れようとする。源次は両手で頭を挟み込んで、美由紀を逃がさない。美由紀の眉間の縦皺が深くなる。それも、快感のせいというより、息苦しさのためらしかった。両足を突っ張って、美由紀の全身がぐうっと反る。

「は、はああっ、あっ、むうっ」

ようやく源次の唇から逃れた美由紀が、慌てて深呼吸をする。だが、その唇は、すぐにまた源次に塞がれてしまう。再び舌先を源次の舌で弄ばれて、美由紀の腰がぴくぴく動く。二本の脚が、伸びたり縮まったりする。

「ふっ、ふうっ、ふううっ、はああっ！」

再び、美由紀は源次の唇を逃れる。そして、これ以上源次に唇を塞がれないように、頭を横に向ける。美由紀の耳が、源次の目の前に剝き出しになる。

源次はその耳に唇を当てて、舌先を這わせながら熱い息を吹き掛けた。

「あっ！　あああっ！」

これまでほとんど声を上げなかった処女が、初めてはしたない声を上げた。思い掛けない部位から思い掛けない強烈な刺激を受け、すっかり狼狽えてしまったのだ。

「ああっ！　ああっ！　あああっ！」

今や抵抗する気力も失せてしまった様子の美由紀は、ただひたすら声を上げ続けている。

源次はそっと、美由紀を後ろ手に拘束していた縛めを解いたが、美由紀はそれにも気がつかない。ただ、体をぐったりと横たえながら、切なげな声を上げ続ける。

そんな美由紀の様子を見詰めながら、愛理紗がいやいやをする。責め立てられている美由紀の姿を見ているのも辛いが、女の性《さが》に目覚めていく美由紀を目《ま》の当たりにするのは、もっと辛かった。

そんな愛理紗に見せつけるように、源次は美由紀の服のボタンを一つ一つ外していく。

「あああっ！　あああっ！　あああっ！」

上着を脱がされ、ブラジャーを取られても、美由紀は源次のなすがままになっていた。ただ、耳の穴の中の感覚がよほど強烈であるとみえて、ひたすら声を上げ続けるのだった。

源次は、一方の耳ばかりを愛撫し続けていることに飽いたように、美由紀の耳から唇を離し、乱暴に頭を反対の方向に向けさせると、

「あっ、あっ、ぁあああああっ！」

美由紀の反対側の耳に口付けた。美由紀も、今まで愛撫されていなかった方の耳を刺激されるとまた違った快感が湧き上がってくるようで、喘ぎ声はさらに高く、獣じみたものになっていった。

今度はスカートの留め金を外し、源次はそれを摺り下げる。膝の辺りまで下げると、後は足先で器用に脱がせてしまった。さすがにパンティ・ストッキングはそうもいかないらしく、美由紀の両脚を持ち上げてオムツを替える姿勢にすると、自分の両脚でそれを支えながら、ゆっくり脱がせていく。ようやく脱がせたパンストを足元に投げ捨てると、その姿勢を取ら

せたまま、ついでにパンティも脱がせてしまう。そうして美由紀を生まれたままの全裸に剝いて、両脚を静かに元に戻すと、源次は初めて耳の穴への愛撫を止めた。

「ああ」

強烈な刺激からようやく解放された美由紀は、源次の胸にしな垂れかかるようにして、頭を持ち上げた。それはまるで、源次にキスをねだっているかのような動きだった。

だが、源次はもうその唇を塞ごうとはせず、美由紀の耳元に唇を近づけていった。また耳の穴を責められるのかと勘違いした美由紀は、怯えた表情を浮かべて肩をすくめた。

美由紀の耳元で、源次が囁く。

「とても綺麗だよ、お嬢さん。あんたの顔も綺麗だが、体も綺麗だ。あっしは、惚れ惚れしちまった」

一瞬、美由紀には何のことか分からなかった。だが次の瞬間、自分が生まれたままの素っ裸にされていることに気づいた美由紀は、あっと声を上げて両手で胸を隠し、両足を縮めて、胎児のように丸くなる。それは、今の美由紀にとっての、精一杯の防御の姿勢だった。

「どうして、どうして？　一体、いつの間にこんなことを」

「気がつかなかったのかい、お嬢さん」

うろたえる美由紀をからかうように、源次が再び耳元に口を近づける。

「お嬢さん、あんたが自分で全部脱いだんだよ」

「う、うそです！　そんなの、うそ！」

「本当さ。俺あ、驚いたね。耳の穴の中を責められるのがよっぽどお気に召したと見えて、あんたが自分で自分の服を脱ぎ捨てたのさ」

「うそ、うそうそ、私、絶対にそんなことしません」

「そんなら、あんたの姉さんに聞いてみるといい。私は本当に、自分からすっぽんぽんになったんですかってね」

美由紀は、相変わらず胎児のように両手両脚を縮み込ませたまま、頭だけを愛理紗の方に向けた。

「お願い、お姉さま、違うと言って！　私、私、そんなはしたない娘じゃありません！」

そう叫ぶ美由紀の瞳をまっすぐに見詰めながら、愛理紗は何度も頭を横に振ってみせる。それは、あなたはそんなことしていないと言ってくれているようにも、また、あなたがそんなふしだらな娘だとは思わなかったと呆れているようにも、見えた。

「ああっ！」

美由紀が悲鳴を上げて、身震いをする。源次が美由紀の背中の下の方にキスをすると、背骨に沿ってゆっくりと唇を這い上らせてきた。今の姿勢を崩すに崩せない美由紀は、背中だけを揺すっていやいやをしたが、まるでなんの助けにもならない。

源次はうなじの辺りまで唇を這い上らせていくと、脇の下のところから乳房に向かって、掌《てのひら》を捻じ込んでいこうとする。美由紀は必死で両肘を締めて、進入を許すまいとする。

源次が本気で陵辱するつもりだったなら、この程度のブロックはなんの役にも立たなかっただろう。だが、源次はあえてそこで留《とど》まった。美由紀の抵抗を力ずくで外してしまうよりも、この幼い娘を少しずつ追い詰めていって、観念して自分から身を投げ出してしまうのを待つ方が、自分の流儀に合うと考えているらしかった。

乳房への攻撃をあっさり諦めた源次は、もう一度、美由紀の背中にキスをした。背中の一番下の辺りに唇を当てると、背骨に沿って下から上へ、ゆっくりと唇を這わせていく。処女はぶるぶると身震いしながら、源次の責めに必死で耐えている。

首筋までできた源次の唇が、美由紀のうなじを強く吸い上げた。美由紀は小さく悲鳴を上げて、そしてはあっと吐息を漏らした。

もう一度、源次は美由紀の背中に唇を当てて、同じ責めを繰り返す。源次に背中を責められると美由紀の体はぐうっと後ろに反り、胎児のような防御姿勢が崩れる。だが、源次の唇が離れるとすぐに、また、元の姿勢に戻ってしまう。三度、同じ責めを繰り返しても、美由紀の反応は同じだった。

今度は、源次の十本の指が美由紀の脇腹に食い込んだ。突くでもなく、揉るでもなく、絶妙な力加減で押し当てられた指は、美由紀の体側をなぞるように、下から上へと這い上がっていく。

「う、うううんっ」

じっとしていられないようなじれったい感覚に、美由紀は思わず肘を締めて防ごうとする。幼い乳房の上の方が剝き出しにされかかるが、源次の責めが一段落つくと、美由紀はやはり体勢を立て直す。源次がまた、同じ責めを繰り返す。美由紀も、同じ反応を繰り返す。

そして源次は、とうとう美由紀の一番敏感な場所に指を這わせていく。

「あっ！　ああっ！」

お尻の割れ目の辺りから手を差し込まれ、大事な場所の入り口の辺りをなでなでと撫でられて、美由紀は飛び上がった。淫靡な経験の少ない美由紀はまったくそのことに気づいていなかったのだが、美由紀の取った防御姿勢では、一番守らなければならないその場所が、剝き出しの状態になってしまうのだ。

「どうしたい、お嬢さん？　随分慌てているじゃないか」

源次は、からかうようにそう言葉をかけた。

もちろん源次は、美由紀の女陰が剝き出しにされていることに、最初から気づいていた。

気づいていながら、すぐにそこを責めることはしなかった。美由紀のけなげな抵抗を、少し楽しんでみようと思ったのだ。

「ああ、ああ、いや、いやあっ」

自分が頑なに取り続けていた姿勢が実は非常に破廉恥なポーズだったことに気づいた美由紀は、見るからに狼狽えていた。体をぐっと反らせてお尻の穴に力を込め、ぴんと伸ばした両足をクロスさせてしっかりと絞める。

確かにその姿勢なら、陰部をしっかりと隠すことができるのだが、今度は、下腹部の陰毛が剝き出しにされてしまう。源次は、すかさずそこを突いた。美由紀の恥毛を指先で、わざといやらしく摘んでみせる。

「お嬢さん、意外にここのおケケは薄いんだな。あんたのお姉さんも、どちらかというと毛の薄い方だったが、あんたのは、まるで産毛《うぶげ》だ」

「いや！　み、見ないで！」

ますますうろたえた処女は、源次の手から逃れるように体を転がして俯せになった。そうして、陰毛の生えている辺りも隠そうとしたのだが、今度はぷりぷりっと張り出しているかわいいお尻が源次の目の前に突き出されることになった。

そのお尻に、源次が爪を立てる。美由紀がはあっと息を呑む。

「かわいいお尻だねえ、お嬢さん。あっしはね、こういうかわいいお尻を見ていると、いじめてやりたくなるんだ」

「あっ、ああっ！」

「そら、ここをこういう風に触られると、くすぐったいだろう？」

「いや、ああっ、い、いや！」

十指をぐいっと食い込ませて、源次は指先で美由紀のお尻を撫で回す。お尻の刺激は、隣接する美由紀の性器にびんびんと響いてくる。堪らず美由紀は、お尻をくねくねくねらせる。とても処女の所業とは思えない、淫靡な腰振りダンスだった。

「や、やめて、お願い」

とうとう耐え切れなくなった美由紀は、胸を庇っていた手を外し、体をねじって、源次の手首を摑んだ。

源次は、手首を摑まれた方の手の動きを止める。その分、自由な方の手の動きを一層激しくさせる。

「ああぁ！　駄目、駄目ぇ」

美由紀は体を逆にひねり、もう一方の手で源次の手首を摑む。これで源次の両腕を封じることができたが、美由紀自身はまるで、両腕を後ろ手に拘束されたような格好になってしまった。

次の瞬間、源次の両手が、美由紀の両手を無視するかのように動き始めた。美由紀の両方の尻たぶに、また強烈な刺激が戻ってきた。

「あっ、あああっ！」

美由紀は必死で源次の腕を押さえて動きを止めようとするが、源次の腕はまったく言うことを利かない。尻から来る淫靡な刺激に翻弄されるうち、美由紀は何だか、自分が両手を縛られた状態で苛められているように錯覚し始めていた。

「ああっ、ああっ」

股間を悩ますいやらしい欲望を抑え付けるかのように、美由紀は強く両方の太腿を擦り合わせる。逆に、膝から下の両足は左右に分かれ始める。もともとX脚の美由紀は、この内股の姿勢の方が力を出しやすいのだった。

源次はさり気なく、開いてきた両足の間に体を割り込ませる。そして美由紀の尻たぶから両手を離す。ほっと力を抜いて、美由紀の両手が床に落ちる。ぐったりとした様子で、美由紀は荒い息をついている。

「お嬢さん、まだお休みの時間じゃないぜ。ほら、ここをこうして」

源次が美由紀の片方の足を摑む。そして、もう一方の手の指で、その足の指の股の辺りをこちょこちょと擽り始める。同時に、親指だけを器用に使って、土踏まずの辺りも刺激する。

「あっ、ああっ！」

また、美由紀のお尻が、いやらしいダンスを始める。足の指の刺激が直接股間に響いてくる奇妙な感触に、美由紀は戸惑っていた。

「あ、ああ、いや、やめて」

「やめてほしいのかい、お嬢さん。そんなにいやなのかい？」

「い、いや。いや」

「どう、いやなんだ。言ってくれないと分からないな」

「い、いや。なんだか、変な感じ。本当に、変になる」

「変になるって？　どこがどう変になるんだ」

「い、言えない。そんなこと、言えない」

「言ってくれなくちゃ分からないな。お嬢さん、一体、どこがどう変になるんだね？」

「あ、ああっ！」

美由紀は必死で足を揺り動かして源次を振り切ろうとするが、所詮は籠《かご》の鳥、どうしても源次の手から逃れることができない。

突然源次の手が、片方の足を離れてもう一方の足に移る。そしてまた、指の股を、土踏まずを、操り始める。同じ責めでも足が替わると刺激も変わるのだろうか、美由紀はまた一層高い声を上げて、源次の指から逃れようと藻掻く。

「あっ！」

美由紀が体を捩じった瞬間に合わせて、源次が美由紀の体を引っくり返す。美由紀の体が仰向けになり、小振りだがしっかりと天に向かって張り出している双つの乳房と、股間を淡く彩っている陰毛のデルタが剝き出しにされる。美由紀は慌ててまた、俯せになろうとするが、それより早く、源次の両手が美由紀の乳房を鷲摑みにした。うっとくぐもった声を上げて、美由紀の全身から力が抜ける。

「どうしたい、お嬢さん。なんだかんだ言って、やはりお乳を触られるのが好きか？」

実際、乳房を摑まれた美由紀は、さっきまでと打って変わって大人しくなってしまった。源次の両手を押しとどめるようにして手を添えてはいるが、それはただ源次の腕の筋肉を撫で擦るばかりで、まるで力が入らない様子だった。時々はっと息を吞んで体が大きく反るのは、強い快感の波に襲われるためだろう。

源次は時々、そっと美由紀の下半身を見る。美由紀の両脚は落ち着き無く動き、伸びたり縮んだりしている。あれほどぴったりと閉じ合わされていた太腿が、少しずつ緩んできている。

美由紀の下半身のそんな変化を、源次は冷静に観察している。それはまるで、釣竿の魚信《あたり》を読みながら、釣り上げるタイミングを計っている漁師のようだった。

まだ早い、と源次は思う。確かに、美由紀の両脚の力は抜け始めている。だが、もし今この処女の両脚を無理矢理押し広げたならば、再び固く貝殻を閉じようとするだろう。心では抗いながらも、下半身が痺れてしまって脚を閉じることができない。そんな状態になるまで、源次は気長に待つつもりでいた。

「あっ、駄目」

源次は美由紀の上半身を抱き起こし、後ろから抱き締める。そうしてきつく抱きしめながら前に回した両手で乳房を揉みしだくと、美由紀は切なそうに眉根を寄せて、腰や両足をくねらせる。

「お尻を振っちゃいけない。お嬢さん、はしたないよ」

「はあ、はあ、はあ、そ、そんな」

そして乳首をきゅうっと摘む。

「あ、ああっ！」

「ほら、こうされると、お尻がぷりぷり動く。いやらしいな、お嬢さん。本当に、こんなにいやらしいお尻を見るのは初めてだ」

「や、やめて。そんな言い方、しないで。あっ！　ああっ！」

源次の唇が、美由紀の首筋を這う。突然の新たな刺激に、美由紀は思わず声を上げる。

「どうだ。こうやって首筋を舐め舐めされながらお乳を揉まれると、気持ちがいいだろう」

「い、いや。分からない。私、分からない」

再び、源次が美由紀の乳首を強く摘む。美由紀の頭が大きく後ろに反り、全身にぎゅうっと力がこもる。源次が指の力を抜くと美由紀のいきみも抜けるが、指先で乳首をころころころと転がすと、美由紀の腰がまた、いやらしいダンスを始める。

「お嬢さん、ちょっと頼みがあるんだがな」

「は、はあ、はあ、はあ」

「お嬢さんの乳首の先をちょっと噛んでみたいんだが、いいだろ？」

「あ！　いやあっ！」

言葉で嬲られるだけで、このいたいけな処女には十分な刺激であるらしい。まるで本当に乳首を噛まれたように、美由紀は身を震わせて悶えた。

源次は、美由紀の左の腋の下に頭を突っ込む。背中を伝って、右手を右の腋の下から前に出して、右の乳首の先を摘む。美由紀の体が、ぶるるっと震える。そしておもむろに、

「ああっ！　ああああっ！」

源次は左の乳首を唇で挟むと、その先端を甘噛みした。美由紀は全身を震わせて、その感覚の強烈さを表現していた。両手で源次の頭をつかんで、なんとか引き剥がそうとするが、腕に全く力が入らない。

源次の長い責めが始まった。三分、五分、源次は美由紀の乳首を舐め続け、噛み続けた。勿論、もう一方の乳首も、指先でこちょこちょと操ったり、こりこり揉んだりし続けている。美由紀はもう為《な》すすべもなく、源次のされるがままになっている。頭を引き離すはずだった両手は、いつの間にか源次の頭を抱くようにして、源次の髪をまさぐっている。

美由紀の乳首を噛みながら、源次の目がそっと下の方を盗み見る。かたく閉じられていた美由紀の両脚が、開いている。力なく、ベッドの上に投げ出されたようになっている。

源次の目が、獲物を狙うけものの目になる。美由紀の双つの乳首を相変わらず責めながら、空いている片手で美由紀の股間をすうっと撫で上げた。

「うっ、ううっ！」

突然、思いがけない場所に刺激を受け、美由紀が悶える。

だが、動いたのは美由紀の上半身だけだった。下半身は少し揺れただけで、脚が閉じることもなかった。

（そろそろだな）

　頃やよしと見た源次は、いったん美由紀から離れると、そのまま後ろに押し倒した。

「え？　え？」

　乳房への長い愛撫に恍惚とさせられていた美由紀の頭はすぐには回転しないようで、源次のされるがままになりながら、虚《うつ》ろな目で源次のことを見ていた。

　だが、次の瞬間、美由紀ははっと我に返らされる。

「い、いやああぁ！」

　美由紀の上半身を寝かせた源次は、逆に美由紀の下半身を高く持ち上げた。美由紀の割れ目やクリトリス、お尻の穴が源次の目の前に突き出される。いわゆる、「まんぐり返し」という姿勢だ。慌てて閉じようとする両足首を摑んで、源次はそれを両側に大きく押し広げる。

「ほら、こうすると、恥ずかしい場所が丸見えだ。恥ずかしいだろ？　お嬢さん」

「お、お願い、もう、許して。許してください」

　美由紀は両手で顔を隠して、横を向いてしまう。そうするしかなかったのだろうが、見ようによれば、あたかも、源次にされるがままになる覚悟を決めて、身を投げ出したと思える態度だった。

　そして源次は、美由紀のクリトリスを口に含んだ。

美由紀の体がぶるぶるっと震える。はあっと息を呑む声がして、顔を隠していた手も外れてしまう。しっかりと閉じられた目は、あたかもその強烈な感覚を楽しんでいるかのようだった。

「気持ちがいいだろう、お嬢さん」
「はあ、はあ、はあ」

「ほら、ここをこうやって舐められると、いままでで一番、気持ちがいいだろう」
「はあ、はあ、はあ」

そして、美由紀の体を支える形で腰に回していた両手を下に下ろすと、再び美由紀の両乳首を指で摘んだ。あっと、蚊の鳴くような声を上げて、美由紀の体が揺れる。

だが、それだけだった。美由紀は再び、源次のされるがままになってしまった。

再び、源次の長い責めが始まる。クリトリスと両乳首の三所責めに、処女の体がびくびくと痙攣する。それでも源次は、その責めを止めなかった。五分、十分、源次の責めは延々と続いた。

美由紀の股間から、甘い匂いが漂ってくる。まだ一度も男を受け入れたことのない美由紀の蜜壺に、愛液が溢れ始めた。

源次は、大切な宝物を横たえるように美由紀の下半身をゆっくりと寝かせていく。

そして源次は、美由紀を貫いた。

「い、痛い！　い、痛い！」

美由紀が、悲鳴を上げて、身悶える。両手、両足をばたつかせながら、なんとか体を上にずらせて、源次の男根から少しでも逃れようとする。

源次は逃がさない。美由紀の体の動きに合わせて、源次も体をずり上げていく。美由紀は全く、逃げることができない。とうとう、頭がベッドの端につっかえる位置まできて、もうこれ以上逃げようがない場所に追い詰められる。

「あ、あああっ！」

そして、源次の腰が動き始める。

美由紀の腰骨に自分の腰骨を密着させたまま、ゆっくり腰を突き出していく。そうやって、柔らかい膣内の粘膜への強烈過ぎる刺激を抑えて子宮口への刺激だけを求める、そんな腰の使い方だった。

美由紀は、痛みに耐えている。目尻にうっすらと涙を浮かべながら、きりきりと歯を食いしばり、陵辱の時が通り過ぎていくのを待っている。

源次は腰を動かし続ける。急ぐ様子もなく、ゆっくりと、だが、しっかりとしたリズムで、美由紀の腰骨を突き続ける。

美由紀の頭が、右に、左に揺れる。そうやって、少しでも痛みを紛らわせようとしているらしい。

源次の腰は動き続ける。静かに、確実に、美由紀の膣の奥を刺激し続ける。

美由紀の表情に変化が表れてくる。噛み締めていた唇が、うっすらと開いてくる。押し殺したしゃがれた声に混じって、あ、はあ、という、甘い溜め息が洩れ始める。

源次の性技によって揉みほぐされた美由紀の体は、破瓜《はか》の痛みさえも忘れさせるような快感を与えられていた。強烈な痛みに混じって、悩ましいような、やるせないような、淫靡な感覚が湧き起こってくることに、美由紀は戸惑いを感じていた。

「な、なんだか」

「どうしたんだね？　お嬢さん」

「なんだか、おかしい」

「おかしい？　おかしいって、一体なにがおかしいんだね？」

「な、なんだか、おかしい。やめて。もう、やめて」

「やめないよ。お嬢さんの、どこがどうおかしいのか、教えてくれるまでいつまでもやめない」

「だ、だって、痛い。とても痛いの」

「痛い？　お嬢さんがおかしいと言うのは、その痛みのことかね？」

「…………」

「黙っていたのでは、分からないよ。あんたがおかしいと言うのは、痛いという意味なのかね？」

「ああ、本当に、本当に、なんだか、変」

美由紀は、いつの間にか、自分の胸に自分の手を当てていた。そして、おずおずとした様子で、そっと乳房を摑んでみたり、指先で乳首を撫で擦ってみたりしていた。

それにしても、源次の性技のなんという恐ろしさであろうか。ついさっき、初めてのキスに打ち震えていた少女を、僅か一時間余りの間に、自分で自分の胸を揉みしだくところまで性に目覚めさせてしまうとは。

「あ、あ、ああ！」

突然、源次が、美由紀の腰を抱くようにして抱え込む。自分の腰の動きに合わせて、美由紀の腰もゆっくりと動かし始める。美由紀は、両手で髪を掻き毟《むし》りながら、身悶えした。

「い、痛い、ほ、本当にもう、やめて。い、痛い」

それでも源次は、美由紀を許そうとはしない。美由紀はいかにも耐え難いという様子で、全身を打ち震わせている。

「あっ」

今度は、源次が声を上げる番だった。突然美由紀は、上半身をがばっと起こすと、源次にしがみついてきた。美由紀はそうして、源次の体の動きを少しでも封じようとしたのだろう。だが、傍目で見ればそれは、感極まった美由紀が夢中で源次に抱き付いていったようにも見えるのだった。

「はあ、はあ、はあ、はあ」

美由紀の全身が痛みに堪える脂汗でうっすらとぬめり、妖しく光り始めている。美由紀の吐息は、動物的な危険な色香を醸し始める。

「う！」

痛みに耐えるかのように、美由紀が源次の肩に噛み付いた。不意打ちのように襲ってきた肩の痛みに、源次の体がぶるぶるっと震える。その瞬間、源次の一物がぐぐっと反り返り、その刺激にまた、美由紀が小さく悲鳴を上げた。

しっかりと抱き合った源次と美由紀の体は、小さくゆっくりと動き続ける。頰と頰を擦り合わせるようにして寄り添う二人を誰かが見れば、恋人同士であることを疑うまい。まるでお互いを失うことを恐れるように、二人はしっかりと抱き合っていた。

それでも、よく見てみると、美由紀の顔にはやはり、痛みに耐える苦悶の表情が浮かんでいる。いまだに止まずにいる全身の震えも、痛みに由来するもののはずだった。

「あ！　ああ！　あああ！」

そしてほどなく、美由紀は気を失った。それが痛みのせいなのか、快感のせいなのかは分からない。おそらく、その両方の感覚が混じり合ったものだったのだろう。

源次の腕が、美由紀をゆっくりとベッドに横たえる。美由紀は目尻にうっすらと涙を滲ませたまま、その一方で満ち足りた穏やかな表情を浮かべて、ぐったりとベッドに身を沈めている。そんな美由紀の様子を、源次はじっと見守り続けている。

「ううう っ」

後ろから聞こえてきた呻き声に、源次はようやく愛理紗のことを思い出した。

「あねさん」

源次は振り返って、愛理紗に近づいていく。愛理紗の猿轡を外して顔を覗き込んでみると、愛理紗は泣いていた。目には明らかに、怒りの光が宿っていた。

玉のように大切に育ててきた妹を汚された怒り、それもあるだろう。

だが、数え切れないほど多くの女を扱ってきた源次には分かる。今の愛理紗の瞳に宿る狂おしいほどの怒り、それは、嫉妬だった。自分にはまったく与えてくれなかった心遣いで、自分にはまるで見せてくれなかった我慢強さで、深い満ち足りたセックスを源次に教えてもらった美由紀に、愛理紗は嫉妬しているのだった。

「あねさん」

源次は愛理紗の猿轡を外し、その唇にキスしようとする。

「やめて！」

愛理紗は頭をぐうっと横に背けることで、これを拒否した。

「他の女の唇に触れた口で、私にキスしないで！」

「他の女って、あねさん。あの娘はあねさんの妹さんですぜ」

「分かってる。そんなことは分かってるわよ」

唇を噛み締めながら、涙をいっぱいに溜めた目で源次のことをぐっと睨み付けながら、愛理紗は吐き出すように言った。

美由紀は自分にとってたった一人のかわいい妹。そんなことは分かっている。分かっていてなおかつ、愛理紗は美由紀のことを「女」と呼び捨てた。そうやって、まだ気を失ったままの美由紀に当てこすりをしなくては、今のささくれ立った感情をどうしようもできないのだった。

「困ったなあ、あねさん。あっしのあそこは、まだこんななんでさあ」

そう言いながら源次は、結局美由紀の中では発射できないでエレクトしたままの一物を、愛理紗の膝の辺りに擦り付けた。愛理紗は全身を激しく揺すってこれに抵抗しようとする。

「やめて！　他の女のあそこに突っ込んだペニスを、私にくっつけないで！　けがらわしい、いやらしい！　汚い！」

「あっしのここを、あねさんに鎮めてほしいんでさあ」

「いや！　いや！　絶対にいや！」

「あねさん、さっきの約束を忘れたのかい？　あんたは、あっしの命令には絶対服従のはずですぜ」

頑《かたく》なな、愛理紗の抵抗が止まる。だが、素直に源次に従うには、今の愛理紗の嫉妬は深過ぎた。黙って源次を睨み付けながら、唇を嚙み締めるばかりだった。

「じゃあ、こうしやしょう。いまから一風呂浴びて、あっしはあっしの体を清めてくる。お嬢さんとキスした口はちゃんと濯《すす》いでおくし、お嬢さんのおまんこに突っ込んだ一物はしっかり洗ってくる。それならあねさん、あっしのこいつを、慰めてくれますかい？」

愛理紗はやっぱり何も答えない。代わりに、小さく頷いてみせる。源次は、思わず笑ってしまった。今まで、愛理紗が源次の前でこんなに子供っぽい仕草をしてみせたことはない。ある意味でこれは、単なる服従以上の仕草だった。

愛理紗の縛めを解いていく。全くの自由になっても、愛理紗は不機嫌な表情を崩さず、じっと押し黙っているままだった。

いつものように、愛理紗の両手両足に縄手錠を掛ける。そうして、源次の体に、愛理紗を磔にする。愛理紗は源次のされるがままになりながら、お尻と背中を源次の体に強く押し付けてきた。それが、愛理紗の和解のサインだった。

「美由紀のお風呂はどうするの？」

ようやく姉の気持ちを取り戻した愛理紗は、美由紀を気遣ってそう訊いた。

「お嬢さんはまだ気を失ったままだ。目を覚ましてから、入れてやることにしましょう」

「お風呂で、私にしているようなことを、美由紀にもするの？」

「そりゃあ、風呂も仕込みの一部ですから」

拘束された状態のまま、愛理紗が源次の膝の裏を足先で思い切り抓る。源次は一瞬、痛そうな表情を浮かべるが、すぐに愛理紗に逆襲する。大股開きの状態で固定された愛理紗の股間を、手の平ですうっと撫で上げたのだ。ああっと悩まし気な声を上げて、愛理紗はくねくねと腰を動かす。

「なんだ、妹さんのことで随分と焼き餅を焼いていなすったからそれどころじゃないかと思っていたのに、あねさん、びしょびしょに濡らしてるじゃないですか」

「う、うそ、うそ。そんなこと、ない」

「あっしと妹さんの睦言を見て、随分と興奮していなすったんですね」

「違う。違う。そんなこと、ない」

「そんなことないんだったら、これはなんなんです」

「あ！　あ！　あ！」

愛液を溢れさせた陰部を激しく擦り上げられ、愛理紗は悲鳴を上げた。ぴちゃぴちゃぴちゃと、自分の体の中から聞こえてくるいやらしい音が、愛理紗の耳にも聞こえてくる。

源次が、愛理紗の耳元でこう囁く。

「俺に逆らった罰だ。今夜はいつも以上にいやらしい女にさせてやる。思い出したら死にたくなるような、思い切り淫らな、淫靡な乱れ方をさせてやるからな。覚悟しておけ」

「ああ、許して」

相変わらず愛理紗は、源次の言葉嬲りに弱い。耳元で突然、乱暴な言葉遣いをされて、全身の力がすうっと抜けてしまった。

「あ！　あ！　あ！　ああっ！　あああああっ！」

源次の言葉は脅しではなかった。磔にして風呂場への渡り廊下に出ても、源次は愛理紗の股間を刺激し続けた。愛理紗もまた、恥ずかしい嬌声を上げ続ける。この廊下の先のどこかの部屋で、若頭と美緒の二人が聞いているに違いないのに。二人以外にも、組の若い連中が何人も、愛理紗の声を聞いているに違いないのに。
それでも愛理紗は、艶めかしい声を止められなかった。ただ、源次のいやらしい指使いに翻弄されながら、愛理紗は身を打ち震わせ続けるばかりだった。

美由紀が目を覚ました時、部屋には誰もいなかった。驚いたことに、姉の愛理紗が監禁されていた時には決して開けっ放しにされたことのなかったドアが、開かれたままになっていた。

（どうしよう）

今、そっとここを抜け出したら、逃げることができるに違いない。そう思って部屋を見回して衣服を探したが、さすがにそれはどこかに隠されていた。美由紀には、素っ裸で逃げ出せる程の度胸はなかった。

身を起こそうとして、美由紀はまたぐったりとベッドに倒れ込んでしまう。下腹の辺りが酷く痛む。源次のペニスで何度も擦り上げられていた膣の中がひりひり痛んだのは当然のことだが、その上の子宮までもが、きゅうっと締め付けられるように痛んだ。陰部から臍の辺りに到るまで、耐え切れない痛みが容赦なく美由紀を苦しめた。

（これが、大人になる痛み？）

そう自分に言い聞かせてみても、その痛みは耐え切れないほどに酷かった。なんだかまだ、自分の中に源次がいて、自分を責め続けているような、そんな気がした。

(もしそうなら、もう一度私を追い詰めて。私を感じさせて、この痛みを忘れさせて)

だが、源次はいない。腰の痛みも、甘美な苦しみに変化していくことはなかった。美由紀は体を海老《えび》のように曲げながら、泣き出しそうな痛みに耐えた。

ふと、頭を上げる。開け放たれたドアの向こうから、微かに誰かの声が聞こえた。耳を澄ましてよく訊いてみると、どうやらそれは、姉の喘ぎ声らしかった。

(源次さんが、姉さんと、している)

美由紀の顔に、この深窓の令嬢に似合わぬ醜い表情が浮かぶ。姉が妹に嫉妬したように、妹もまた、姉に嫉妬した。つい今しがた、溢れるような優しさでもって女の歓びを教えてくれた源次が、今度は姉と体を交えているかと思うと、痛むはらわたを引き千切ってでも二人の所に這っていき、二人を引き離してやりたいと思う。

だが、現実の美由紀は自分のはらわたを引き千切る勇気などない。痛みに耐えてベッドを這い出す気力さえ、残っていない。源次と愛理紗が体を交わしている声を聞きながら、ここでこうして耐えるしかない。そう考えると、美由紀は悔しくて悔しくて、ぽろぽろと涙を流した。

（酷い、お姉さま。酷い）

耐え切れない痛みと嫉妬の地獄から逃れようとでもするように、美由紀の意識がまた遠のいていった。

「ああ、源次、すごい」

風呂場の中に設えたエアー・マットに身を横たえた源次に愛理紗は騎上位で乗って、頻りに腰を動かしている。

すでに磔状態からは解放されている。だが、両手両足には依然として縄手錠を掛けられたままである。両足が繋がれていては源次に跨《また》がることもできない。だから、両足を源次の胸の上に乗せ、胡坐を掻いたような状態で上に乗っている。股間を貫く源次の一物が、愛理紗の身の支えだった。そんな不安定な状態のままで、愛理紗は頻りに腰を使っていた。両手で源次の腕を摑み、自分の胸に押し付けている。揉んでくれという、意思表示だった。

「いい、源次、ああ、感じる、感じる！」

この日、愛理紗は初めて、自分から源次の唇を求めた。自分から源次の愛撫をせがみ、自分から源次の上に跨っていった。美由紀への嫉妬が、愛理紗を激情へと駆り立てていた。

「ああ！　ああ！」

狂おしいほどに愛理紗は腰を振る。愛理紗の腹筋が波打ち淫靡なベリー・ダンスを踊る。半開きの口から吐息が漏れ、視線は源次の目を食い入るように見つめている。

「渡さ、ない」

はあっと溜め息をつく。余りに興奮しすぎているため、一度に言葉を話すことができない。

「誰にも、あっ、ああっ、わた、渡さない。はあ、うん、源次、源次、絶対に、絶対に誰にも、あっ！　い、いい！　はあ、はああ、誰にも、お前は、あっ！」

源次が、突然上半身を起こした。足場を持たない愛理紗は源次の上から擦り落ちそうになる。それを源次は、両膝を立てて支える。愛理紗の体は、源次の体の谷間にお尻を落とした格好で、すっぽりと収まる。

「い、いや、いやいや、恥ずかしい」

この格好では、源次の一物を咥え込んだ愛理紗の性器が源次に丸見えになる。これまでも、源次には愛理紗の恥ずかしい格好を何度も見られ、恥ずかしい声を何度も聞かれている。だが、今の愛理紗には、そのことが堪らなく恥ずかしかった。

「ああっ」

縄手錠で括られている愛理紗の両手を持ち上げ、源次は愛理紗にばんざいの格好をさせた。愛理紗の上半身は源次の両腿の上に押し倒され、両脚は源次の胸に押されて、オムツを替えられる赤ん坊のように上に持ち上げられる。

　そんな屈辱的な姿勢をとらせたまま、源次は愛理紗の中でピストン運動を始めた。ひいっと愛理紗は小さな悲鳴を上げ、そしてゆっくりと、源次の腰の動きに合わせて体を押し付け始めた。

　愛理紗の目にうっすらと涙が滲む。源次にこうして苛められていることが、今の愛理紗には堪らなく辛く感じられるらしかった。

　だが、その惨めさがまた、愛理紗の情感を一層駆り立てていることも事実である。しくしくと泣きべそを掻きながら、愛理紗は小さな声で、好き、と呟いた。膣の中はこれまでにないほど濡れそぼち、腰は別の生き物のようにがくがくがくと痙攣している。

　やがて愛理紗は、頭を狂ったように振り始める。

「ああ、もう、いく！　いくう！」

「いけ、愛理紗」

「い、いく！　いく、いくう！　も、もういくう！」

「いけ！　けもののように悶えろ！」

「い、いやあ！」

「けものになれ、愛理紗！　情欲に狂え！」

「い、いや、いやぁ！　許して、もう、もう許して！」

「いやらしいけものになるんだ愛理紗！　腰を振れ！　声を上げろ！　叫べ！　喚け！　狂え！」

「ひ、ひいい！　あ、ああ、死ぬ、もう、死ぬ！」

「まだだ、愛理紗、いくな！」

「だめ、だめだめ、も、もう、もう駄目！　駄目ぇ」

「もっと腰を振るんだ、もっと叫ぶんだ。いやらしくなれ、愛理紗！　もっと淫らになれ！」

「い、いやあ！　お願い、もう、もう許して、あ！　ああ、も、もういかせてぇ！」

「厭らしく腰を振れ、愛理紗！　はしたない言葉を叫べ！　けだものになれ、愛理紗！　お前は、けだものだ！」

「あ、あああ！」

　愛理紗は白目を剝き、頭をがくがくと揺らしている。口から涎を垂らして身悶える。全身の震えが止まらず、膣から漏れ出た愛液が太腿を濡らす。本当なら、とうに絶頂に達しているはずの状態を、愛理紗は強靭《きょうじん》な意志だけで持ち堪えている。

「もっといやらしくなれ、愛理紗！　お前はけものだ！　いやらしいけだものだ！　本性を晒せ！」

「ああ、あああああ！」

全身を震わせて、いまにもいってしまいそうな情欲に耐える。だが、辛うじて大きな波を押さえ込んでも、源次のペニスは容赦なく、愛理紗を責め立てていくのだった。とうとう愛理紗は、源次に屈服した。

「け、けだものにして」

とたんに、愛理紗の体が一段と反り返る。自分の発した言葉に興奮して、またいってしまいそうになったのだった。そんな感情を掻き消すかのように、愛理紗は大声で叫び始めた。

「わ、私を駄目にして！　も、もっといやらしくして！　エッチなけものにして！」

「叫べ、もっと叫べ！」

「あ、熱い！　あ、あそこが熱い！　もう、もう、変になる、変になっちゃうぅ！」

「狂え、愛理紗！　狂え！　悶えろ！　のたうちまわれ！　もっともっといやらしいけだものになれ！　もっと、もっとだ！」

「あ、あああああ！」

愛理紗がまた、全身を震わせる。いこうとする体と押しとどめようとする心が、激しく争っている。もう、息も絶え絶えという感じで、愛理紗は喉をひゅうひゅう鳴らしている。

「つ、突いてぇ！　奥まで突いてぇ！　愛理紗をめちゃくちゃにしてぇ！　つ、突き殺してぇ！」

源次が、愛理紗の唇を塞ぐ。塞がれた唇の下で、愛理紗の喉はひゅうひゅう鳴り続けている。腰の辺りがぶるぶると震えるのは、源次の口付けでまた、愛理紗の体がいきそうになってしまったせいだ。

唇を離して、源次の頭が愛理紗の耳元に動く。少しでも源次にくっついていたいとでもいうように、愛理紗は源次の頭に自分の頭をぐいぐい押し付けていく。

「いけ、愛理紗」

源次が呟く。

「いくんだ、愛理紗。快楽をむさぼれ！」

愛理紗の体がぐぐぐっと大きく反り返る。全身の痙攣が一層激しくなり、愛理紗の表情が今にも泣き出しそうな、切ない表情に変わる。

「う、うおお！」

先に叫び声を上げたのは源次の方だった。愛理紗の膣がぐぐうっと収縮し、源次の一物を締め付けたのだ。

「あ、あああああ！　あはあああああ！」

まるで、泣き叫ぶ幼な子のような顔で、愛理紗は悶え狂う。

おそらく物心ついてから、愛理紗が人前でこのような無防備な表情を晒したことは一度もなかっただろう。夫佑介の腕の中で気をやった時でさえ、こんな表情をしたことはなかった。

だが、今の愛理紗は、激し過ぎる劣情にすっかり屈服し、あられもない痴態を演じ続ける。

「あ、愛理紗！」

呻き声を上げながら、源次は自分で自分の腕を嚙む。そうでもしないと、強く締め付けながら蠢き続ける、愛理紗の膣の刺激に負けて射精してしまいそうなのだ。

「ああ、あああああ、あああ」

愛理紗の膣の中は妖しく蠢き続け、源次のペニスを中へ中へと引き込んでいこうとする。

源次の恥骨は愛理紗の恥骨に押し付けられ、恥毛と恥毛が絡み合うほどぴったりと合わさっている。それでも物足りないとでもいうように、愛理紗はなおも、源次のそれをぐいぐいと引き込んでいく。源次は、自分がこのまま愛理紗の膣の中に引き込まれていくような気がした。

「くう、あ、愛理紗、お前は」

源次は迷っていた。

「お前は、なんて女だ」

既に源次は、爆発寸前の状態にまで追い詰められている。

銀星会会長の女を孕ませてしまえば源次も終わりだ。いっそ今すぐ、一物を抜き去ってしまおうかと思う。だが、膣の中に男の分身を感じて、それを膣の力で抱き締めるのも、訓練のうちだった。手塩にかけて育ててきた愛理紗の成長の瞬間、源次は愛理紗の中にいてやりたかった。

だから源次は、腕を噛みながら耐えている。噛み傷のところから、血がたらたらと流れだした。

愛理紗の膣の締め付けが、急に緩む。満ち足りた、呆けた表情で、愛理紗はぐったりと身を沈める。源次の一物が解放され、がくんと落ちた愛理紗の膣の中からぬるっと姿を現す。

「う、うおおおお！」

何の刺激を与える必要もない。ただ、我慢のために締め付け続けていた、腹とお尻の筋肉を緩めてやればそれでよかった。源次の腰の底の方から、ぐぐぐうっとマグマが迫り上がってくる感覚があって、そして源次は射精した。年の割には元気な、白く濃いスペルマが、愛理紗の胸からお腹の辺りに大量に撒き散らされた。

「あぁっ！」

注がれたスペルマの感覚に、愛理紗の体が一瞬、ぴくぴくっと動く。そして、熱い、と小さく呟いた。スペルマの熱さに、源次を感じたのだろう。愛理紗は一瞬、嬉しそうな、穏やかな表情を浮かべた。

だが、その表情はすぐに不満そうに変わる。そして源次に向かって縋るような表情を向ける。

「なんだ？」

「……中に」

「中に出せというのか？」

「そうして、欲しかった」

「馬鹿を言うな」

そんなことが、できるわけがない、というと、愛理紗は拗ねたように唇を尖らせる。その甘えた様子に、源次はまた笑ってしまう。

源次は、手桶で湯船のお湯を汲《く》み取ると、源次のスペルマで汚れたままの愛理紗の体に、乱暴に掛けた。びしゃっと派手に飛沫が上がり、愛理紗はああんっと悲鳴を上げた。

二杯、三杯と、源次は愛理紗の体にお湯を掛ける。その度に愛理紗は、ああっとか、ひゃあっとか、小さい悲鳴を上げる。

だが、その表情はむしろますます穏やかになっていく。源次に乱暴に扱われることが、それ程嫌ではないらしかった。

そんな愛理紗を抱き起こし、源次が抱き締める。愛理紗は素直に、源次の胸に身を任せる。

「愛理紗、お前は大した女だ」

「本当に？」

「本当だ。お前は、俺の誇りだ」

「嬉しい」

愛理紗は甘えるように、源次の胸に頬を摺り寄せた。

だが、源次の胸の内は複雑である。愛理紗はもう、源次の教えることがないくらいにまで成長してしまった。

別れの時が迫っているのである。まるで、早い別れを惜しむかのように、源次は愛理紗を強く抱きしめた。愛理紗はうんっと声を上げ、苦しい、と、源次に言った。

それでも源次は、抱き締める腕の力を緩めようとはしなかった。

五

「……ここは、どこ？」

朦朧《もうろう》とした意識のまま、周囲を見回す。愛理紗は、車の中にいた。

頭が重い。全身がだるく、手足がうまく動かない。なにか、薬を嗅《か》がされていることは感じとして分かった。

いつの間にか、愛理紗は服を着せられている。上半身にはTシャツを、下半身にはジーンズを。だが、その下が全裸であることは感触で分かった。乳首はTシャツにじかに触れていたし、陰部はジーンズの生地に擦れて少し湿っていた。

隣の席を見てみると、まだ眠らされたままの美由紀がいる。愛理紗と同じようにジーンズ、Tシャツ姿だが、Tシャツの乳首の辺りがプックリ膨らんでいるところを見ると、美由紀もまた、下は全裸であるらしい。

「あら、目を覚ましたのね」

運転席から女の声が聞こえてきた。美緒の声だった。

「美緒、どういうこと？　私をどこに連れて行くつもりなの？」

「心配？　そうよね。あの店から勝手に抜け出せば、あんたの旦那とあの女みたいに、殺されちゃうものね」

　愛理紗の顔から、すうっと血の気が引いた。とうとう美緒が非常手段に出たのだ。美由紀と愛理紗が勝手に失踪したように偽装して、二人を組に殺させるつもりなのだ。

「美緒、車を停めて。私たちを店に戻して」

「もう遅いわ。あんたたちの仕込みが始まる時間はとっくの昔に過ぎているんだもの。今頃は、もう大騒ぎになっているはずよ。もしかしたら、もう全国の傘下の組に、お触れ書きが回っているかもしれないわね」

　美緒は、悪魔のような笑い声を上げた。

「なぜ、なぜこんなことを……」

「あたしはね、もうあんたの下に立つのは嫌なのよ！」

　美緒は、乱暴にアクセルを踏んだ。愛理紗の体が後ろに放り出され、バランスを崩して倒れそうになる。隣の美由紀は本当に愛理紗の方に倒れてきたが、薬がよほど効いているらしく、目を覚ましはしなかった。

「あんたが会長の愛人になれば、またあたしとあんたの立場が逆転してしまう。それは、嫌なの！」

「だったらあんたが組長に言い寄ればいいじゃないの。あの、若頭を裏切ってね」

「そうするつもりよ」

嫌味のつもりで言った愛理紗の言葉を、美緒は当たり前という口調で受けた。

「あんたとあんたの妹がいなくなれば、若頭は今度は私を選ぶわ。あんたの代役で源次の仕込みを受けたあたしが、会長の愛人として銀星会を支配するの」

「そううまくいくかしら」

美緒は、自信満々の笑い声を上げた。

「うまくいくに決まってるじゃないの」

愛理紗がいなくなった後、美貌の点でも、セックスのテクニックの点でも、自分が選ばれるに決まっていると、美緒は言った。だが、愛理紗の言葉の意味はそういうことではない。会長の愛人になったとして、それで銀星会で力を得ることになるとは限らないということなのだ。

会長には正妻がいる。その正妻は、すでに銀星会の中で隠然たる力を持っている。愛理紗であろうと美緒であろうと、この会長夫人の目が黒いうちは迂闊《うかつ》なことはできないはずだ。

愛理紗はそう諭したが、美緒は聞く耳を持たなかった。

「馬鹿ね。あたしは若いのよ。体もこんなに綺麗だし、これで源次に仕込まれた性技を使えば、会長なんて、すぐ骨抜きにできるわよ。棺桶に片足突っ込んだ婆あなんて、すぐ蹴落としてやるわ」

美緒はあくまでも自信満々だった。

車は、人里離れた山荘に着いた。いかにも避暑用の別荘という感じの洋館で、辺りに民家は一軒もない。

「すぐに戻るわ。待ってなさい」

そう言うと、車のキーを抜いて、美緒は車を降りていった。

愛理紗は心密かに逃亡の経路を検討した。逃げるとしたら、今乗ってきた車を利用するしかない。美緒を置いて二人で逃げれば、美緒が追ってくる心配もない。その足ですぐに店に戻れば、まだ弁明の余地もあるだろう。

問題は、萎えきったこの体だった。日頃の愛理紗なら、美緒一人倒すことなど簡単なことだったが、今は何かの薬の作用で、力が入らない。かと言って、薬の効き目が完全に覚めるまで待っていられるほどの余裕もなかった。

(あと少しだけ、覚めてくれたら、後は一か八かで飛び掛かってみるだけだわ)

「お姉さま、ここは、ここは一体どこなの？」

ようやく目を覚ました美由紀が、不安げに愛理紗に問いかける。

「もしかして、私たち、助け出されたの？」

「しっ、黙って。違うの。私たち、さらわれてるの」

「さらわれてるって……」

「大丈夫。きっと私が、助けてあげるわ。私が暴れ出したら、美由紀、あなたはこの車のところまで逃げて、私が来るのを待っててちょうだい。いいわね」

「で、でも、お姉さま一人でなんて……」

「あなたがいたら、足手纏いなの。私は大丈夫だから、信じて待ってるのよ。いいわね」

「は、はい」

山荘の中から美緒が出てくる。後ろに男が一人、ついてくる。全身筋肉という感じの大男だが、動きは鈍そうだった。

「紹介しておくわ。これがあなたたちの、新しい旦那様よ」

「よ、よろしく」

男はへらへらと笑いながら、くぐもった声で言った。話しぶりからして、少し頭が弱いらしかった。

「……どういう意味？」

「今日からあなたたち二人は、ここでこの人と夫婦生活を送るのよ。銀星会の追っ手に見つかるまでね。さあ、出るのよ」

美緒が、美由紀を抱え出す。愛理紗は、大男に抱え出された。愛理紗は自分の足で立っていこうとしたが、薬のせいでまっすぐ立てなかった。

連れ込まれた山荘の中に、人の住んでいる気配はなかった。それでも埃《ほこり》や蜘蛛《くも》の巣の類《たぐ》いがないのは、予め美緒が掃除しておいたのだろう。

「さあ、ねえさん、脱ぎ脱ぎしましょうね」

美緒が、愛理紗の服を脱がせる。案の定、二枚脱がされただけで、愛理紗は生まれたままの素っ裸になっていた。さらに美緒は愛理紗の両手首に革製の拘束具を付けると、腕を後ろ手に回させようとする。拘束具に付いている金具を繋ぐと、後ろ手で縛られているのと同じことになる。

両腕を拘束されては、車で逃げることができない。まだ体が心許《こころもと》ないが、今逃げるしかない。愛理紗は、覚悟を決めた。

「ちょっと、動くんじゃないよ。じっと……」

愛理紗は、体を揺するようにして反転させると、美緒の鳩尾に当て身をくれた。うっと呻いて、美緒は苦しそうに蹲ってしまった。

「美由紀、逃げて！」

「は、はい」

美由紀がドアに向かって走り出す。走ると言ってもその足取りは頼りなく、ふらふらと酔っ払いが歩いているような千鳥足だった。

「ま、待て。に、逃がさねえぞ」

男が美由紀の後を追う。予想通り男の動きは鈍く、もう少しで美由紀は外に逃げ出せそうだったが、惜しくも男に腕を掴まれてしまった。

「い、いやぁ！」

「へ、へへ、つ、掴まえた」

「この野郎、妹を離せ！」

愛理紗は慎重にバランスを取ると、男の股間を思い切り蹴り上げた。ぐえっと悲鳴を上げて、男が蹲る。

「早く、美由紀、早く！」

「お、お姉さま、きっといらしてね」

「分かってるから。さあ、早く！」

美由紀は、ドアにぶつかるようにして外に飛び出す。愛理紗は蹲っている大男の上に馬乗りになると、こめかみにとどめの一撃を決めようとした。

だが、男の方が一瞬早かった。男の振り回した丸太のような腕が愛理紗を横薙ぎにする。愛理紗の体がふっとんで、壁に叩き付けられる。

「くっ」

愛理紗が、悔しげな呻き声を出す。もし、薬物で体が痺れていなかったら、男の動きに後れを取る愛理紗ではなかったはずなのだ。

「よ、義男、腕を、後ろに括るんだ」

愛理紗の当て身を食らった鳩尾を押さえて倒れ込んでいる美緒が、男に命じる。男は、言われるままに愛理紗を俯せにし、馬乗りに押さえ込んで、そして両手首に嵌っている革の拘束具の金具を繋いだ。愛理紗の両腕は、後ろに固定されてしまった。

「よくもやってくれたね、ねえさん。あんたはやっぱり、噂通りの山猫だ」

そして、よろよろと立ち上がる。

「義男、お股を開かせな」

男は愛理紗を抱き起こし、後ろから持ち上げる。まるで幼児におしっこをさせる時のように、両脚を広げた姿勢で抱え上げる。愛理紗の秘部が、美緒の前に丸出しになった。美緒が、愛理紗を蔑《さげす》むように笑う。

「なんて格好だろうね、ねえさん。はしたない」

そして美緒は、バッグの中からなにやら怪しげな小瓶を取り出し、中のクリームを指で掬い出した。

「お仕置きだよ、ねえさん。あたしに逆らうとどうなるか、思い知らせてやる」

「うっ！　や、やめろ！」

美緒の指が、愛理紗の股間にクリームを塗りたくっていく。愛理紗の陰部の隅々まで、膣の中までも、丹念に塗り込んでいく。その淫靡な指使いに、心ならずも愛理紗の腰がくねくねと動く。

やがて、異変が起きた。

「あっ！　あ、ああ、あはあっ！」

クリームを塗られた辺りの肌に、ぞわぞわと落ち着かない感覚が湧き起こってくる。くすぐったいような痒《かゆ》いような、切ない感覚が性器全体に広がって、膣の中がかっと熱くなる。

「み、美緒、お前私に、なにを……」

「効いてきたみたいだね。義男、ここはもういいから、妹の方を探してきな」

義男と呼ばれる男が、愛理紗を床に降ろす。愛理紗はそのまま床に寝そべると、辛そうに腰をくねくねと動かし始める。

美緒が、車のキーを男に向かって投げる。逃げた美由紀を車で追えという意味なのだろう。

「ま、待て。み、美由紀のことは、あ、ああ」

外に出て行く男の後を這って追いかけていこうとする愛理紗の股間を、美緒の人差し指が撫で上げる。愛理紗の全身がぶるぶると震え、力が抜けてしまったかのように倒れ込んでしまう。

「ひ、卑怯者」

「おや、卑怯者とはあたしのことかい？　せっかくじれったいお股の辺りを慰めてあげようと思ったんだけど、それじゃよしにしようかね」

愛理紗がはあっと息を呑む。自分の手で慰められない股間の疼きは、もう頂点に達している。このまま放っておかれると気が変になってしまうのではないかと思うほど、切ない。思わず、美緒に屈服してそこを責めてと哀願したくなるのを、辛うじて我慢している。

「おや、もう帰ってきたのかい」

美由紀を連れて戻ってきた男を見て、美緒が言った。美由紀は、愛理紗との約束を守って車のそばで待っていたところを、男に取り押さえられたのだ。

「お、お姉さま！」

素っ裸で後ろ手に固定され、蹲っている愛理紗を見て、美由紀が声を上げる。愛理紗も何か美由紀に声を掛けてやりたかったが、股間の疼きの強烈さに声も出ない。ただ、切なげに腰を振るばかりだった。

「さあ、おじょうさん、あんたもお姉さんと同じ格好になるんだよ」

「あ、いや！　お、お願い、やめて！」

「へ、へへ、さあ、お、おとなしくしろって」

美緒と男は、あっという間に美由紀を素っ裸の後ろ手姿にしてしまう。美由紀は愛理紗のような武闘派ではないので、あっさり二人の言いなりにされてしまった。そんな美由紀の股間にも、美緒は例の淫靡なクリームを塗り込んだ。

「あ、あ、ああ！　い、いやあ！」

クリームが効き始めると、美由紀は悲鳴を上げて体を震わせた。

「どうしたの、お嬢ちゃん。そんなにお尻を振って、はしたないわ」

「ああ、お願い。なんとかして」

「なんとかって、どうしたの？」

「あ、熱い。あそこが、熱い」

「あそこって？　ちゃんと言ってくれないと分からないわ」

「そ、それは……」

「もしかすると、これのことかしら？」

そして美緒は、美由紀の耳元で恥ずかしい場所の名前を囁いた。美由紀の顔がさっと赤くなり、無言でこくこくとうなずいてみせた。

「駄目よ、自分の口で言ってくれないと、分からないわ」

「そ、そんな、そんなこと私、言えません」

「そう、言えないの。言えないのなら、ずっとそのままでいらっしゃい」

「え、そ、そんな。お、お願い、助けてください。さ、触ってください」

「だから、どこを触ったらいいのか、おっしゃいったら！」

美由紀はあっさり屈服した。美緒の耳に唇を寄せると、美由紀のお○んこと、蚊の鳴くような小さな声で呟いた。美緒が、さも痛快そうに大笑いする。

「そうよ。そうやって素直になれば、ちゃんといい気持ちにさせてあげるのよ。でもね、あたしがやるより、きっとお姉さんにして貰った方が気持ちいいと思うのよ。だから、さあ、こっちにいらっしゃい」

腰をもじもじさせている美由紀を、美緒は愛理紗の近くに連れてくる。そして、仰向《あおむ》けに寝ている愛理紗の太腿の上に跨らせる。美由紀は熱く燃えた陰部を愛理紗の太腿に押し付け、切なそうに腰を動かし始める。盛りの付いた犬という言い回しがあるが、それはまさに、盛りの付いた犬の行動だった。

「み、美由紀、やめなさい、あなたが、そんなことを……」

「ああ、お姉さま、見ないで。お願い、見ないで」

そんな二人の様子を見て、美緒はまた、笑い声を立てた。

「さあ、お嬢ちゃん。自分ばかり気持ちよくなってちゃ駄目よ。お姉ちゃんも、慰めてあげなければね」

そう言って、美由紀の体をずるずると前に押し出していく。美由紀の膝がぐっと愛理紗の股間に押し付けられる。愛理紗の体が、びくんと動いた。

「そうよ、お嬢ちゃん。そうやったら、あなただけではなくて、お姉ちゃんも気持ちいいのよ。さあ、もう一度、腰を動かして」

「あっ！　あはあ、」

美緒に後ろから乳首を摘まれて、美由紀の腰の動きが激しくなる。当然、愛理紗の股間に押し当てられた美由紀の膝も激しく動く。愛理紗は切なそうに顔を背け、荒い息を吐いた。

「美由紀、やめて。動かないで」

「ごめんなさい、お姉さま。ごめんなさい」

「うう、お願い、美由紀、動かさないで」

愛理紗だって、腰を動かしたい。美由紀の膝で、この切なさを紛らわせたい。だがそれは、美由紀を辱めることであるような気がした。だから愛理紗は、込み上げてくる切なさに無理に耐えていた。

「ああっ！　あああっ！　ああっ！」

美由紀の腰の動きが速くなってくる。どうやら、早くも絶頂を迎えかけているらしかった。連動して動きを速めていく膝の刺激に、愛理紗は頭を右に左に振りたくって耐える。

突然、美緒が美由紀の体を後ろに引く。いく寸前に姉と引き離された美由紀は、ああっと恨みがましい声を上げた。

「もうそれで十分。後はあたしが世話してあげるから安心なさい。そしてお姉ちゃんは、義男がね」

美緒の言葉に、愛理紗ははっとして辺りを見回す。いつの間にか例の男は裸になっている。想像通りの筋肉質の体は、ボディビルでもしているような盛り上がり方だった。そして、股間の一物は、

(で、でかい)

愛理紗は思わず息を呑む。佑介のそれもでかかったが、比較にならない。それはまるで、股間に根を生やしたビール瓶だった。

「や、やめて。そんなものを入れられたら、私……」

「壊れちゃうわよね」

美緒が愛理紗の言葉を受けて言う。

「せっかく源次に仕込まれて締まりのいい名器になりかけてたのに、あんなの突っ込まれたら、子どもを産んだ女のあそこみたいにゆるゆるになっちゃうわよねえ。もう、会長の女なんかにして貰えなくなっちゃうわよねえ」

そして、愛理紗の耳元で囁く。

「それが狙いなのよ」

「み、美緒、あんた」

「あんたには絶対、いい目はさせない」

美緒は、暗い目をして立ち上がった。

「さあ、義男、もうちょっと待っててね。これが、最後の仕上げなんだからね」

部屋の隅に置いてあった器の中の液体を刷毛《はけ》に付けて、美緒は男の屹立したペニスに塗り始めた。刷毛で亀頭のカリの辺りを擦り上げられると、男は気持ちよさそうに声を上げ、腰をぶるぶる体を震わせた。

「何を、何を塗っているの？」

愛理紗は不安になって、言った。

以前に、美緒から聞いたことがある。麻薬を塗り付けたペニスでやられた女は、膣壁から麻薬を吸収し、麻薬中毒になるという。そうなるともう、麻薬を塗られたペニスでしか、満足できない体になってしまうという話だった。

美緒が、にこりと笑う。

「そうよ。ねえさんのご想像通りよ。高い薬なんだから、一滴残らず飲み込んじゃってね」

「やめて、美緒、お願い。そんなこと、しないで」

「義男、いいわよ」

言いながら、美緒は美由紀を部屋の隅に連れて行く。代わって、義男と呼ばれる男が、愛理紗の前に立った。屹立したままのビール瓶から、たっぷりと塗り込められた薬が滴り落ちていく。

「い、いや、いやいや、やめてぇ！」

脚を広げさせられながら、愛理紗が叫ぶ。だが、媚薬でめろめろにされた股間は、愛理紗の意思に反して目の前の男根を求めていた。気がつくと自分から腰を突き出してしまっている自分を、愛理紗は浅ましいと思った。

「へ、へへ、や、やるぞ。いいか、や、やるぞ」

「やめてぇ！」

「へ、へへ」

その時、外で車の音がした。二、三台の車が次々に乗り付けられていく音がして、ばたばたと人が飛び出してくる気配がする。美緒の顔から、さあっと血の気が引いていく。

「義男、こっち！　隠れるのよ！」

男が動き始める前に、ドアが開いた。鮫島に引き連れられた子分たちが、ばたばたと中に飛び込んでくる。

「美緒、これはどういう真似だ」

「若頭、どうして、この場所を……」

「お前がよからぬことを企んでいる話は源次から聞いていた。だから、最近のお前の動きには、ちょっと注意させて貰っていたんだ。この別荘をこっそり借りていたことも、俺は知っていた」

「源次が、あたしを……」

「あっ！」

愛理紗が声を上げた。子分たちの後ろから、源次が入ってきたのだ。愛理紗は足の力だけで器用に起き上がると、裸のまま、源次の胸に飛び込んでいく。

「源次、源次」

「愛理紗、大丈夫だったか？」

「大丈夫じゃない。あたし、もう少しであの、巨根男にやられちゃうところだったんだ」

「そうか、それは危ないところだったな」

「怖かった、本当に怖かった」

「……愛理紗、どうした？」

源次の脚に股間を押し付け、発情期の犬のように腰を振る愛理紗に、源次は戸惑いの声を漏らした。

「あそこに、変なクリームを塗られて」

「ひでえことをしやがる」

「お願い、もう我慢できないの」

「あとでちゃんと満足させてやる」

「あとじゃいや、今、いかせて」

「無理言うな」

「源次、連れて行ってやんな」

鮫島が源次にそう声を掛ける。お言葉に甘えてと、源次は愛理紗と美由紀に急いで服を着せ、連れ出していく。

「源次！」

源次が外に出て行こうとするその時、美緒が源次に向かって叫んだ。

「なんで、なんであたしを売ったんだよ！　あたしは、あんたのことが好きだったのに」

「美緒」

「会長のことなんかどうでもよかった。銀星会のこともどうでもよかった。あたしはただ、許せなかっただけなんだ。あんたが愛理紗を見る時の、あの目が許せなかっただけなんだ。他の女を見る時には絶対にしない、あの、目付きが、源次、聞いてるのかい、源次、源次い！」

源次は黙って、後ろ手でドアを閉める。鮫島のいる前で、これ以上美緒に話させるわけにはいかないと思ったのだ。

現に、自分の女が目の前で他の男に愛を告白するという屈辱的な場面に立ち会わされた鮫島は、顔を真っ赤に上気させながら怒りに耐えていた。

「ああ、ああ、いい」

「いい、感じる。ああ」

別荘から街へと続く山道を走る車の中で、愛理紗と美由紀はそれぞれ、せっかく穿かせてもらったジーンズを脱ぎ捨てて、源次の膝の上に乗っていた。そうして犬のように腰を使いながら、媚薬で疼く股間を慰めていた。

自由になった両手で、愛理紗が源次の顔を挟んでキスをする。美由紀も負けじと、源次に口付けする。源次が二人のクリトリスを指先で刺激してやると、二人は悶えて一層高い声を上げ、源次の手を離すまいと両手で押さえ付ける。

「羨《うらや》ましいなあ、源さん」

車を運転している若い衆が、本当に羨ましそうに声を掛ける。

「そんな美人に、両手に花でさ、そんな熱烈なサービスして貰えて。俺もあやかりてえよ」

「馬鹿言え」

源次は、苦虫を噛み潰したような顔をして、呟いた。

「薬を使って女に言うことを聞かそうなんて、邪道だ」

その時、遠くの方から、たん、たんという音がした。車を運転している若い衆にも、源次にも、それが銃声であることが分かった。

源次の顔に、悲しげな翳《かげ》が浮かぶ。美緒もまた、源次が手塩に掛けて育てた女だった。こんな形で、失うとは思わなかった。

「ああ、源次！　私、もういきそう！」

「ああ、私も！　私も、いってしまいます！」

薬に追い立てられている二人には、今の銃声も耳に入らなかったらしい。それはそれで幸いである。二人には、美緒はどこか海外のシマに売られていったことにしておこうと、源次はそう考えた。

そして、二人に引導を渡すために、二人の膣の中に指をぐっと差し入れた。そして激しいピストン運動で、二人を一気に追い詰めた。愛理紗も美由紀も目を白黒させながら腰を痙攣させ、そして声を上げた。

「あ、あああっ、い、いく、いくう！」

「いや、駄目、駄目駄目、ああ、いくう！」

ほとんど同時に、二人が源次の指をぎゅうっと締め付ける。そしてがくっと体の力を抜くと、両側から源次の方に体をもたせかかり、ぐったりと動かなくなってしまった。


愛理紗が会長のもとに上がる日が来た。

店の前に黒塗りの車が停まり、愛理紗が姿を見せる。その日、愛理紗は真っ黒なドレスに身を包んでいた。日頃、愛理紗がこういう色の服を身に纏うことはない。明らかに、銀星会会長の好みを意識して用意されたものである。

だが、黒のドレスは愛理紗によく似合った。スレンダーな愛理紗の体型を強調し、しかもエレガントな大人の女の雰囲気を醸し出している。組長夫人と呼ばれて肩で風を切っていた頃とは見違えるような貴婦人振りだった。

「あねさん、綺麗だ」

さしもの源次も、毒気を抜かれた様子で愛理紗に見とれている。

だが、愛理紗の表情は冴えない。会長のもとに上がれば、もう源次とは会えない。おそらく、二度と会えない。そのことが、愛理紗の心を暗くしているのだった。

もう一つ、愛理紗の心に引っ掛かっていることがある。妹の美由紀の行く末である。

「源次、お願い。美由紀のこと」

源次は何も答えない。代わりに、鮫島の方に意味ありげな視線を投げる。それを受けて、鮫島が愛理紗に近づいてゆく。

「愛理紗、お前には言い忘れていたんだが」

「え？」

「いや、あの店のことだ」

「店？」

「島村も死んだし、お前はこういうことになった。臨時の店長をさせていた美緒もあんな事情だしな、今、店を任せられる人間がいなくなっちまったんでな」

「…………？」

「で、まあ、当分、お前の妹にこの店を切り盛りしてもらうことになった」

「み、美由紀に？　でも、あの子にお店の経営なんて」

「まあ、分からないことがあったらお前に連絡して訊くように言ってあるから、その時は相談に乗ってやってくんな」

「じゃ、じゃあ、美由紀はもう、客を取らなくてもいいんですね？」

「あっしとしては残念なんですがね。あのお嬢さんは、なかなか見所があったのに」

店のドアが再び開く。愛理紗、源次、鮫島の三人が一斉に振り返る。三人の視線を受けながら歩み出てきたのは、美由紀だった。

美由紀は髪を高く結い上げ、金糸銀糸の刺繍の入った黒いチャイナ・ドレスを着込んでいた。太腿の付け根まで入っているスリットから、長い脚が覗いている。以前は殆《ほと》んどノーメークだった顔にも綺麗にお化粧がされ、どうやら付けまつげまでされている。眉毛が細くきりっと吊り上がっているのも、そういう手入れの仕方をしたせいらしかった。

「……美由紀」

美緒に誘拐されて以来の再会だったが、愛理紗は美由紀のあまりの変わり様に目を疑った。背筋をしゃんと伸ばして踊るように運ぶ足捌《さば》き、辺りを静かに眺める凜《りん》とした表情には、立派な女主人の貫禄が滲み出ている。そこにはもう、泣き虫で甘えん坊の美由紀の面影はどこにもない。

「さすがに、愛理紗の妹だ。これなら、お前んとこの組を仕切らせても、立派に通用するんじゃねえかい？　まあ、組の若い連中が変な気を起こさねえように寝泊まりは別にさせるがね」

「美由紀。本当に、あなたなの」

「お姉さま、私もお見送りさせていただこうと思って、出てきました」

「そうなの」

「お姉さま、元気でいらしてね。きっとまた、いつか会える日が来ると思います。それまで私、お姉さまのお店をしっかり守っていくから、お姉さまもがんばってね」

「美由紀、あんたは」

そして、感極まったように、愛理紗は泣き出した。

「どうしたの、お姉さま？　今日はおめでたい門出の日じゃないの。涙は不吉だわ」

「美由紀、あんたは、そんなにしっかりしなくてもよかったのに」

「そんな、お姉さま」

「いつまでも、箱入り娘のおっとりした美由紀のままでいさせてあげたかったのに。こんな裏の世界のことなど知らないまま、幸せな人生を送らせてあげたかったのに。私だ、私があんたの運命を変えてしまったんだ。ごめんね、美由紀。ごめんね」

　愛理紗の目から、大粒の涙がぽろぽろとこぼれる。つられて美由紀も、涙を流し始める。泣きべそを掻くと、以前と同じ純な美由紀の顔になる。そして姉妹は抱き合って、しばしの別れを惜しむのだった。

「さあ、そろそろ出発しねえとな。愛理紗、もう行きな」

　鮫島に促され、愛理紗と美由紀は涙を拭い、気丈に立ち上がる。源次に付き添われる形で、愛理紗は歩き始めた。

　鮫島や美由紀の耳に届かないように、小声で愛理紗が源次の耳に囁く。

「源次、美由紀は人質かい？」

「もしあねさんが逃げたり、何か不始末を仕出かしたら、妹さんに危害が及ぶことになりやしょう」

「そういうことなんだろうね」

「あねさんも、妹さんの人質でさ。もし妹さんが逃げたり、秘密を誰かにバラしたりすれば、あねさんが責任を取らされる。そのことは、妹さんにも伝えてありやす」

「そういう仕組みになっているから、組は美由紀を殺すことも、娼婦にすることも勘弁してくれた。源次、これは、あんたの知恵かい？」

「お嬢さんを助けてやるってのは、あねさんとの約束だったからね」

突然、愛理紗が源次の首に縋り付き、唇を合わせてきた。

「ありがとう、源次。あんたのことは忘れないよ」

「そう言ってくださるだけで、あっしは満足だ」

「辛いよ、源次。美由紀と別れることも辛いし、会長のおもちゃにされる自分の身の上も辛い。でもね、一番辛いのは、もうお前に会えなくなることだ」

「あっしも同じだ。もうあねさんと会えないと思うと、辛くてたまらねえ」

愛理紗の爪が源次の背中を抓る。

「嘘つき。お前はちっとも辛くなんかない癖に」

「辛いですよ。あっしは本当に、あねさんに惚れてたんだ」

「嘘つき。この、大嘘つき。……でも、嬉しい嘘だから許してあげる」

愛理紗はさっと源次から離れると、くるりと身を翻した。そしてもう、全ての迷いを吹っ切った様子で、大股で車に向かっていく。黒塗りのベンツに乗り込むと、愛理紗はもう一度美由紀を見た。

「美由紀、負けるんじゃないよ」

「姉さん、お達者で」ドアがばたんと閉まる。愛理紗はもう、源次など見えないという様子で、まっすぐ前を向いた。だが、その愛理紗の目に、うっすらと新しい涙が滲んでいることを、源次は見逃さなかった。

「あねさん、信じてもらえないかもしれないが、あっしは本当に」

愛理紗を乗せたベンツが、ゆっくりと動き始める。源次の最後の言葉が、愛理紗の耳に届くことはなかった。

本書は、幻冬舎アウトロー大賞選考会で特別賞を受賞した作品に、加筆修正したものです。

幻冬舎アウトロー文庫

●好評既刊
縄痕《じょうこん》の宴《うたげ》 夜の飼育
越後屋

美貌の女将・菊乃のもとに、縛り絵師の佐竹が調教師・源次を連れて、モデルの依頼にやってきた。一蹴する菊乃だったが、源次の調教を目の当たりにして、乳首が硬く尖るのを抑えられない——。

●好評既刊
美猫《びびょう》の喘《あえ》ぎ 夜の飼育
越後屋

人気アナウンサーの西島由布子は、やくざの抗争に巻き込まれ、調教師の源次に蹂躙された姿をビデオに撮られてしまう。露見を恐れる由布子だが、あの屈辱を思い出すと、乳首の疼きが止まらない。

●好評既刊
悪女《あくじょ》の戦慄《わなな》き 夜の飼育
越後屋

『カリギュラ』の常連客・真里亜の前に、昔の男が現れる。暴力的なセックスで真里亜を蹂躙していた男は、同じやり方で彼女を支配する。当初、傍観していた源次だったが。好評シリーズ第4弾！

●好評既刊
痺《しび》れの眼差《まなざ》し 夜の飼育
越後屋

銀星会幹部鮫島と緊縛師源次は、ある日突然ヒット・マンに襲われる。頭を打って記憶をなくし、一人街を彷徨う源次を助けたのは、こぢんまりとした小料理屋『芳野』の女将築山芙由子だった——。

●好評既刊
蔭丸《かげまる》忍法帳 伊賀四姉妹
越後屋

愛液滴る女陰で男達を籠絡する伊賀四姉妹と、自在に屹立する摩羅で女を操る美濃忍者の蔭丸。徳川将軍の跡目存続問題を、蔭丸と四姉妹の淫乱の限りを尽くした闘いを通して描く、官能忍法帳！

幻冬舎文庫

●好評既刊
探偵ザンティピーの休暇
小路幸也

ザンティピーは数カ国語を操るNYの名探偵。「会いに来て欲しい」という電話を受け、妹の嫁ぎ先の北海道に向かう。だが再会の喜びも束の間、妹が差し出したのは人骨だった！　痛快ミステリ。

●好評既刊
シグナル
関口　尚

映画館でバイトを始めた恵介。そこで出会った映写技師のルカは、一歩も外へ出ることなく映写室で暮らしているらしい。なぜ彼女は三年間も閉じこもったままなのか？　青春ミステリ感動作！

●好評既刊
無言の旅人
仙川　環

交通事故で意識不明になった三島耕一の自宅から尊厳死の要望書が見つかった。苦渋の選択を迫られた家族や婚約者が決断を下した時、耕一の身に異変が――。胸をつく慟哭の医療ミステリ。

●好評既刊
インターフォン
永嶋恵美

プールで見知らぬ女に声をかけられた。昔、同じ団地の役員だったという。気を許した隙に、三歳の娘が誘拐された（表題作）。他、団地のダークな人間関係を鮮やかに描いた十の傑作ミステリ。

●好評既刊
瘤
西川三郎

横浜みなとみらいで起こった連続殺人事件。死体にはいずれも十桁の数字が残されていた。捜査線上に浮上した二人の男と、秘められた過去の因縁とは。衝撃のラストに感涙必至の長編ミステリ。

幻冬舎文庫

●好評既刊
収穫祭(上)(下)
西澤保彦

一九八二年夏。嵐で孤立した村で被害者十四名の大量惨殺が発生。凶器は、鎌。生き残ったのは三人の中学生。時を間歇したさらなる連続殺人。二十五年後、全貌を現した殺人絵巻の暗黒の果て。

●好評既刊
仮面警官
弐藤水流

殺人を犯しながらも、復讐のため警察官になった南條。完璧な容貌を分厚い眼鏡でひた隠す財前。正義感も気も強い美人刑事・霧子。ある事件を境に各々の過去や思惑が絡み合う、新・警察小説!

●好評既刊
銀行占拠
木宮条太郎

信託銀行で一人の社員による立て籠り事件が発生。占拠犯は、金融機関の浅ましく杜撰な経営体系を、白日の下に曝け出そうとする。犯人の動機は何か。息をもつかせぬ衝撃のエンターテインメント。

●好評既刊
死者の鼓動
山田宗樹

臓器移植が必要な娘をもつ医師の神崎秀一郎。脳死と判定された少女の心臓を娘に移植後、手術関係者の間で不審な死が相次ぐ——。臓器移植に挑む人々の葛藤と奮闘を描いた、医療ミステリ。

●好評既刊
封印入札
ジョセフ・リー/著
青木 創/訳

高級スパリゾートの入札に向けて、経営コンサルタントの川上は、かつてハワイで起きた事故の真相を知る。不良債権処理の闇、そしてある家族に起きた悲劇とは。国際派が描く社会派ミステリ。

GENTOSHA OUTLAW BUNKO

夜《よる》の飼育《しいく》

越後屋《えちごや》

平成17年12月10日　初版発行
平成22年11月25日　5版発行

発行人――石原正康
編集人――菊地朱雅子
発行所――株式会社幻冬舎
〒151-0051東京都渋谷区千駄ヶ谷4-9-7
電話　03(5411)6222(営業)
03(5411)6211(編集)
振替00120-8-767643
印刷・製本―中央精版印刷株式会社
装丁者――高橋雅之

万一、落丁乱丁のある場合は送料当社負担で
お取替致します。小社宛にお送り下さい。
定価はカバーに表示してあります。

幻冬舎アウトロー文庫

ISBN4-344-40734-2　C0193　O-71-1